KB069975

아무것도 안 해도—— 아무렇지 않구나

아무것도 안 해도___ 아무렇지 않구나

김신회 에세이

놀

억지로 얻은
긴 휴가。

_____일 년 반 전쯤, 갑자기 오른손 집게손가락에
불편함이 느껴졌다. '컴퓨터랑 휴대폰을 너무 많이 썼나' 하고
가볍게 넘겼지만 점점 더 아프기만 했다. 얼마 안 있어 아픈 손
가락이 부어오르더니 통증은 심해졌다.

그로부터 일 년간 각종 병원을 전전하며 통증의 원인을 찾아
보려고 노력했지만 관절에도, 조직에도 이상이 없다는 진단만
을 반복해서 들었다. 좋다는 처치와 치료를 받고 약을 먹어봐

도 아픈 건 좀처럼 나아지지 않았다. 그 손으로는 컴퓨터 자판을 치고 글씨 쓰는 것도 무리여서 어쩔 수 없이 일을 쉬어야 했다.

덜컥 무기한 휴가가 주어졌지만 나는 쉬는 법을 몰랐다. 성과는 없어도 끊임없이 움직여대던 일중독자였기 때문이다. 가만히 있기만 하면 되는데도 이러고 있는 내 모습에 죄책감과 자괴감이 느껴졌다. '나는 아무것도 안 하는 사람'이라는 실감이 들 때마다 어딘가에서 들은 말이 머릿속을 맴돌았다. '쉬는 게 어려운 것이 아니다. 아무 죄책감 없이 쉬는 게 어려운 것이다.'

많은 사람들이 자신을 돌보지 못하고 산다. 쉬는 날에도 어떻게 쉬어야 할지 모르고, 진짜 휴식이 뭔지도 알지 못한다. 주위를 둘러보면 열심히 사는 사람밖에 없는데, 정작 자기 삶에 만족하고 사는 사람은 없다. 다들 힘들어하고 자주 외로워한다. 그렇다면 우리는 뭘 위해서 이렇게 살고 있는 걸까? 하지만 그에 대한 답을 찾을 시간에 더 부지런히 앞으로 나아가야 했다. 피로와 불안으로 가득 찬 일상을 보내면서도 그게 당연한 거라고 여겼다. 왜냐하면 다들 비슷하게 살고 있었으니까.

약 일 년쯤 그 행렬에서 빠져나와 있는 동안 여러 가지를 배웠다. 매일 나를 미워하는 법과 다그치는 법을 알게 되었고, 더 불안해하고 고립되는 법을 깨우쳤다. 그러다 이래서는 안 되겠다는 생각이 들었다. 나를 괴롭히는 법만 배운다면 미래의 내가 너무 불쌍하잖아. 이만큼이나마 살아온 내 인생이 허무해지잖아. 더 이상 나를 보듬을 수 없게 된 시점에서야 나를 돌보아야겠다고 다짐했다. 그런데 그 방법이 뭔지는 모른다. 그렇다면 지금이라도 좀 알아가볼까. 오늘이라도 시작해볼까.

주당 52시간으로 단축된 법정 노동시간을 둘러싸고 여기저기서 잡음이 들린다. 일주일에 52시간이라고 해도 주말을 제외하면 하루에 열 시간 이상을 일해야 하고, 칼퇴근은 어림도 없다는 얘기다. 그럼에도 더 쉬면 안 된다는 사람들이 많다. 아직은 그럴 때가 아니라는 듯이. 그렇다면 우리는 언제 쉬면 되는 걸까. 쉬어도 될 때가 오기는 하는 걸까.

일 년을 억지로(!) 쉬는 동안 조금씩 쉬는 것에 익숙해졌다. 그리고 아무것도 하지 않는 시간을 점점 자연스럽게 받아들이게 됐다. 그러는 동안 깨달았다. 아무것도 안 해도 아무렇지 않구나. 쉬어본 사람이 쉴 줄 아는 거였구나.

그런 의미에서 우리는 더 많이 쉬어야 한다. '내가 이러고 있어도 될까?'라는 의문은 늘 애매하게 쉬기 때문에 드는 생각이다. 그런 생각을 하지 않고도 편안한 얼굴로 일터로 향할 수 있을 만큼 충분히 쉴 수 있어야 한다.

왜냐하면 우리는 누구보다 먼저 자신을 돌보아야 하기 때문이다. 내 맘 같지 않은 세상을 살아가기 위해서는 나의 몸과 마음, 기분과 생각을 스스로 돌볼 수 있어야 한다. 때로는 상황이 예상과 다르게 흘러가도, 그 안에 있는 내가 마음에 들지 않아도 나는 나니까. 잘 지내든 그렇지 않든 나는 나와 평생 같이 살아가야 하기 때문이다.

가끔 주변 사람들에게 하는 말이 있다. "네가 다른 사람한테 하는 것 딱 반만 너한테 하면, 네 인생은 더 행복해질지도 몰라." 뭘 좀 안다는 양 그런 말을 하면서도 누구보다 내가 그렇게 살지 못했다. 하지만 이제는 나라도 나에게 잘해주고 나와 친하게 지내고 싶다. 모두가 떠나가도 나 하나만큼은 죽을 때까지 나와 함께 있을 테니까.

그래서 내가 먼저 나를 인정해보려 한다. 내가 느끼는 감정들에 낯선 감정은 있을지언정 나쁜 감정은 없다고 믿으려 한다. 현실과 동떨어진 생각과 고민으로 스스로를 괴롭히지 않겠다고 다짐한다. 툭하면 지치고 무기력해질 때에도 이런 시간도 있는 법이라고 여기려 한다. 그러면서도 스스로를 향해 혀를 차고 한숨을 쉬는 버릇이 불쑥 튀어나와 당혹스러울 때도 있지만, 그 시간 역시 나를 돌보는 과정이라 여기고 조급해하지 않으려 한다. 그럼으로써 내가 어떤 상황에 있건, 어떤 마음을 갖건 그저 나로서 만족하고 살아가는 것이 목표다. 더 나은 내가 될 필요는 없다. 그저 나라는 사람이 세상에 한 명 있는 것이다. 그거면 된 거 아닌가.

독수리 타법으로 띄엄띄엄 쓴 글이 한 권으로 엮였다. 그 시간 동안 여러 가지를 잃었지만 한 가지만큼은 얻었다. 나를 받아들이는 일, 그런 나를 돌보며 사는 일. 그러고 나니 많은 것들을 쥐고 있던 날들보다 마음이 말랑해졌다. 스스로와 화해하겠다고 마음먹고 나서 내 일상은 조금 변했다. 그리고 그 변화에 서서히 익숙해지고 있는 중이다.

목차

Prologue___ 억지로 얻은 긴 휴가。4

나는 당신이 아니랍니다。16

이만 원짜리 딸기。22

우정도 변화한다。27

나를 위한 주문。35

재미없어도 재미있을 수 있어。40

#1   아무것도 하지 않음으로써 완벽해진다。45
나를
돌보겠습니다   생일엔 밥。51

하나도 안 변한 내 모습에 안도함。57

자기계발서 읽는 작가。62

본전 생각 안 나는 호의。66

내가 지은 내 이름。72

나에게 좋은 사람。77

휴일엔 맥모닝。 84

외모에 대해 말하지 않겠습니다。 91

월간 김신회。 99

책임지지 않아도 되는 것들의 귀여움。 103

#2
게으르게
산다는 건
멋진 일

루틴을 만들자。 109

몸이 악을 쓰고 있다。 114

부모님의 기대는 꺾으라고 있는 것。 119

작업의 마음가짐。 126

금기 미니멀리즘。 131

기분이 안 좋을 때를 조심하자。 137

반성보다 연민。 143

사과의 타이밍。 148

때로 감정은 정당성을 필요로 한다。 156

숨 쉬는 법을 배우는 중입니다。 161

암울이와 동네 친구들。 167

선물은 파자마。 172

악플에 대응하는 무플。 178

엄마가 될 수 없을 것 같아서。 184

잘하는 걸 해。 189

아빠랑 다시 시작하기。 196

솔직함이라는 방어막。 200

안 써요, 미래 일기。 205

십 년 만의 파리。 210

감정은 느끼는 것, 상처는 드러내는 것。 215

#3
무턱대고
최선을
다하진
않겠습니다

영어 공부를 시작했습니다。 226

간접화법의 늪。 231

에세이 덕후。 238

이제는 내 피부를 받아들일 때。 244

동네에서 맛있는 떡볶이집을 찾았다。 249

엄마를 좋아하지 않아도 괜찮아。 254

여기 온 거 후회 안 해요。 259

마흔의 미혼을 위한 질문。 264

두 번째 독자。 270

거절하는 연습。 275

나를 사랑하는 것에 대하여。 281

Epilogue___ 작지만 확실한 희망사항。 291

#4
그래도
나에겐
내가 있다

#1

나를 돌보겠습니다

나는
당신이 아니랍니다.

역지사지[易地思之]

[명사] 처지를 바꾸어서 생각하여 보다.

_____ 누군가의 마음이 내 맘 같지 않을 때, 어긋
난 커뮤니케이션으로 억울할 때, 상대방의 진심을 모르겠을 때
가끔 저 말을 떠올리게 된다. 가장 역지사지하지 못할 때 생각
나는 말이 그 말이라는 게 아이러니하게 느껴지지만, 생각해보
면 이처럼 기운 빠지는 말이 또 있을까 싶다.

"내가 너라면 그렇게 안 할 텐데."

평소 엄마가 입버릇처럼 하시는 말씀이다. 엄마는 자식들에게 칭찬보다는 충고를 더 많이 하시는데 그 이유는 다 우리 잘되라고 그러는 것이(라고 말씀하신)다. 그래서 내 행동과 생각이 얼마나 잘못된 것인지를 알려주시고자 엄마가 나라면 그러한 결정을 하지 않았을 거고, 그렇게 예의에 어긋난 행동은 하지 않을 거고, 그렇게 자기 입장만 생각하지 않을 거라고 말씀하신다.

하지만 그 말을 들을 때마다 역지사지의 심정이 되어보려 하다가도 문득 브레이크가 걸린다. '엄마는 내가 아니잖아요'라는 생각 때문이다. 이미 엄마는 내가 아니고 나는 엄마가 아닌데, 그리고 그렇게 될 수도 없는데 '내가 너라면'이라는 말이 무슨 의미가 있을까요, 엄마.

우리는 종종 상대방이 나와 다른 사람이라는 사실을 잊어버린다. 이는 '우리는 같은 생각을 가진 사람'이라는 착각을 불러오기도 한다. 대부분의 다툼이 이로부터 시작된다.

'나는 네가 이해가 안 가'라는 말은 어찌 보면 지극히 맞는 말이다. 서로는 다르기에 이해하기 어려운 게 당연하지만 우리는 누가 나를 답답하게 할 때, 누군가가 미울 때 그 말을 쓴다. '나는 네가 이해가 안 가'는 '나는 너를 이해하고 싶지 않다'는 말이다. '나는 맞고, 너는 틀리다'는 의미로도 쓰인다.

사람은 다 다르다. 그 사실에 대해 조금 더 생각하다보면 세상에서 가장 의미 없는 말이 '내가 너라면'이라는 것을 깨닫게 된다. 역지사지라는 말도 어쩐지 비현실적인 말처럼 느껴진다. 다른 사람을 굳이 애써가며 이해하려고 노력하지 않아도 된다. 그저 '저 사람은 나랑 다른 사람'이라는 사실을 인정하기만 하면 된다. 그러고 나면 '내가 너라면'이라는 말은 쉽게 쓸 수가 없다. 나는 당신이 아니고, 당신은 내가 아니라는 것을 알고 있기 때문이다. 하지만 그게 또 말처럼 쉽게 받아들여지지가 않는다.

"내가 너라면 그냥 연락한다. 별것도 아닌 것 가지고 고민하고 그래."

얼마 전에 친구에게 이런 말을 들었다. 꽤 친하게 지내왔지만 오랜 시간 연락 없이 지내던 친구가 문득 생각나 그 친구에 대한 이야기를 건너건너 나누고 있던 자리였다. 연락을 해야 하나, 말아야 하나. 아니면 그 친구가 먼저 다가오길 기다려야 하나, 뭐가 맞는지 몰라 망설이다 시간만 보내고 있었는데 친구는 그런 내가 답답했나보다.

친구한테 지금 내 모습이 어떻게 보일지 알 것 같아서 더 이상 긴 이야기는 하지 않았다. 하지만 내가 이러고 있는 것도 그럴 만한 이유가 있다는 말만큼은 하고 싶어서 한마디를 보탰다. "나는 네가 아니야." 딱히 언성을 높인 것도 아닌데 급작스럽게 싸해진 테이블을 가운데 두고 우리는 말없이 술만 마셨다. 그날은 평소와 다르게 금방 헤어졌다. 이후에 그 이야기를 다시 꺼내는 일도 내키지가 않았다. 어차피 이야기해도 통할 것 같지 않아서였다.

나는 역지사지가 별로다. 남들과는 다른 내 마음을 지키기 위해, 나와는 다른 누군가를 인정하기 위해 이제는 그런 사자성어 따위 버리고 싶다. 대신 '나는 당신이 아니랍니다'라는 마음으로 살고 싶다. 사람 사이에서 노력과 이해보다는 인정 또는 수

용이 더 인간적이라는 생각이 들어서다. 그래서 이제는 다르게 말하고 싶다.

'내가 너라면 그렇게 안 했을 텐데' 대신
'그렇게 생각할 수도 있겠네'.

'만약 나라면 이렇게 했을 것 같아' 대신
'너 내키는 대로 하는 게 맞는 것 같아'.

'내 입장이라면 그걸 선택하겠어' 대신
'마음 가는 대로 해. 결정은 네가 하는 거야'.

상대방을 존중하는 일은 그에게 무언가를 제안, 조언, 충고하는 것이 아니라 그는 나와 다른 사람이라는 사실을 인정해주는 것이라 믿는다. 그동안 들어왔던 '나 같아서 하는 말인데'로 시작되는 과보호 및 통제에 우리는 얼마나 맘고생을 해왔는가. 그래서 이제는 누군가에게 조언하고 싶어질 때면, 이것이 애정의 발로인지 통제 욕구의 구현인지를 다시 한 번 따져본다. 후자인 경우가 대부분이기에 가급적 조언 자체를 꾹 삼키게 된다. 굳이 내가 참견해주지 않아도 다들 각자 잘 살아간다. 내가 누군가의 참견 없이도 어떻게든 살아가고 있는 것처럼.

세상에서 가장 나 잘되길 바라는 사람은 나다. 그 마음은 내가 나한테 품는 것만으로 족하다. 그러니 이제는 누가 나에게 간섭한다는 생각이 들면 그저 이 말을 떠올린다.

'나는 당신이 아니랍니다.'

이만 원짜리
딸기。

_____ 난데없이 손가락에 통증이 생기게 되고 난
후 삶의 질이 수직 하강했다. 운동을 못 하게 됐고, 병뚜껑 따는
게 최고로 곤혹스러운 일이 되었으며, 열 손가락을 오그라뜨리
며 머리를 감는 것도 힘들어서 미용실에 가서 머리를 감았다.
정해져 있던 계획을 줄줄이 취소하고, 나를 찾는 사람들에게는
무기한으로 사정이 여의치 않다는 말만을 반복했다. 그리고 몇
개월째 한 문장도 쓰지 못했다.

누굴 만나거나 무언가를 시도하는 일에도 점점 소극적이 됐다.

손가락 하나 아픈 걸로 뭐 이렇게 유난인지 나조차도 갑갑했지만, 손가락 하나가 사람을 그렇게 만들어버린 게 현실이었다.

쉰다는 핑계로 허구한 날 방에만 처박혀 있으니 사람이 이상해졌다. 별일 아닌 일, 이미 다 잊어버렸다고 여겼던 옛날 일들이 자꾸 떠오르고, 그동안 한 이상한 짓들, 후회할 만한 일들이 줄줄이 생각나서 잠드는 것도 쉽지 않았다. 지난 일을 곱씹는 것 말고는 모든 일에 의욕이 나질 않아서 자연히 식욕도 사라졌다.

아무것도 안 하고 한참을 누워 있다보면 별의별 생각이 다 들었다. 다음 날 눈을 뜨면 나를 둘러싼 모든 것들이 다 사라져 없고, 당장 먹고살 일이 까마득하던 시절로 돌아갈 것 같았다. 이 손으로 다시 글을 쓸 수는 있을까. 다른 책을 쓴다고 해서 누가 읽어주기나 할까. 부모님은 작가로서 겨우 조금 이름을 알린 나를 자랑스러워하셨는데 여기까지인 건가. 밥을 못 먹고, 잠을 설치고, 멍한 상태로 하루 종일 TV만 봤다.

"잘 지내냐? 별일은 없고?"

하루는 친언니가 전화를 걸어왔는데 간단한 그 질문에 어떻게 대답해야 할지 허둥대게 됐다. 잘 못 지내는 건 맞는데 손가락 아픈 거 말고 딱히 다른 이유는 없고, 아무 일도 없다고 하기에는 아무렇지도 않은 게 아니었기 때문이었다. 그냥 요즘 기분이 별로고 육체적이나 감정적으로 편치 않은 상태라는 말을 주저리주저리 늘어놓으니 언니가 그랬다. "그럴 땐 하고 싶은 거 해." 그 말에 대답했다. "하고 싶은 게 없네." 그랬더니 언니가 그랬다. "그럼 먹고 싶은 거 먹어."

그 말에 왜 갑자기 힘이 난 건지. 며칠 만에 옷을 챙겨 입고 집 앞에 있는 마트에 들렀다. 뭘 좀 사야 입맛이 돌아올지 몰라서 이리저리 살펴보았더니 과일 코너에 윤기가 좌르르 흐르는 딸기 박스들이 진열되어 있었다. 제철도 아닌데 나온 딸기라니 당연히 비싸겠지. 가까이 다가가서 구경하니 제철에 파는 것보다 더 싱싱하고 단단해 보이는 딸기가 박스 안에 보기 좋게 들어 있었다. 가격표는 붙어 있지 않았다. 분명 비싸겠다 싶어 단념하고 꼭 필요했던 것들만 바구니에 담아 마트를 빠져나오는데 갑자기 언니 말이 다시 생각났다. "먹고 싶은 거 먹어."

다시 발걸음을 돌려 마트로 들어갔다. 빠른 걸음으로 과일 코너에 가서 가격도 묻지 않은 채 딸기 한 팩을 집어 들었다. 계산대에서 바코드를 대니 화면에 20,000이라고 떴다. 이 작은 딸기한 팩이 이만 원이라고? 하지만 놀라움을 떨쳐내듯 비장하게 카드를 꺼내 계산하고 집을 향해 빠르게 걸었다. 태어나서 처음으로 나를 위해 산 이만 원짜리 딸기. 그 고급진 선물이 든 비닐봉지를 흔들며 걷는 길에 이상하게 웃음이 났다.

커다랗고 단단한 딸기를 씻어 볼이 터지게 먹으면서 생각했다. 요즘 나를 가장 괴롭힌 건 아픈 손가락도, 불현듯 우울해진 마음도 아니었다. 다 내가 마음에 안 들어서였다. 스스로가 불안해서였다. 이렇게 마냥 시간만 흘려보내는 건 아닐까. 혹시라도 손이 낫지 않아 평생 글을 못 쓰는 건 아닐까. 다행히 글을 쓰더라도 아무도 안 읽어주면 어떻게 하지…… 나는 나를 줄곧 의심하며 앞으로 어떻게 할 거냐고 다그치고 있었다. 그리고 그런나에게 지쳐 있었다.

온전히 나만을 위해 산 이만 원짜리 딸기 한 팩이 이렇게 말하는 것 같았다. '너, 이런 거 먹어도 되는 사람이야. 가끔은 너를 위해서 좋은 걸 누려도 되는 사람이야.' 그동안 나는 스스로를 돌보는 일에 이만 원을 쓰는 것도 어려워하는 사람이었다는 것을 깨달았다. 나는 근사한 걸 누릴 자격이 없는 사람. 아직 그러기에는 먼 사람. 벌써부터 만족하고 들뜨기엔 한참 모자란 사람…… 다른 누구도 아닌 스스로가 나를 그렇게 얕잡아 보고 있었던 거다.

배가 빵빵해질 때까지 딸기를 욱여넣으며 생각했다. 하고 싶은 거 하고, 먹고 싶은 걸 먹으며 사는 게 왜 그렇게 힘들까. 그건 돈이 없어서도, 상황이 여의치 않아서도 아니었다. 단지 내가 나에게 허락해주지 않았기 때문이다. 그렇다면 이제는 좀 너그러워져볼까. 다른 사람이 그렇게 안 해주면 나부터 좀 그래볼까.

그날 밤은 딸기 한 팩을 다 먹고 오랜만에 푹 잠을 잤다.

우정도 변화한다.

_____ 스물세 살에 만나 함께 방송 작가의 꿈을 키우며 지내온 친구가 있다. 나이는 나보다 한 살 언니였지만 취향과 유머 코드가 비슷해서 금세 친해졌고, 비슷한 시기에 나란히 같은 직업도 갖게 되어 공감대를 바탕으로 더욱 가까워졌다.

우리는 아무리 바빠도 늘 연락했다. 아주 사소한 일도 이야기하지 않고는 못 견딜 것 같아서 이야기하고 이야기하고 이야기했다. 그런데도 할 말은 매번 산처럼 쌓여 있어서 문자를 주고받거나 채팅하고 통화하느라 밤을 새우기도 했다. 이후 우리는 서로의 인생에서 벌어지는 온갖 일들을 알리고, 위로하고, 참견하는 자타공인 절친이 되었다.

우리는 가족이나 자매 같았고, 어떨 때는 연인 같기도, 오래된 부부 같기도 했다. 대부분의 만남에 함께 나갔기에 겹치는 지인도 많았고, 주변 사람들도 자연스럽게 우리를 한 세트로 여겼다. 그래서인지 긴 시간 동안 연애를 안 해도 외로움을 느낄 틈이 없었다. 아니, 오히려 언니와 보내는 시간이 남자들과 보내는 시간보다 몇 배는 더 즐겁고 만족스러워서 꽤 오랜 시간 연애를 방치하며 지냈다.

어릴 때부터 늘 좋은 사람이 되고 싶었다. 하지만 아무리 노력해도 모든 사람이 나를 좋아해줄 리 없었다. 처음엔 그 사실을 받아들이는 것만으로도 힘들어서 자꾸 더 좋은 사람이 되려고 노력했지만 그럴수록 여러 관계들이 망가져갔다. 안 그런 척했지만 사람들 사이에서 많이 긴장하고 조바심을 냈다.

하지만 언니 앞에서만큼은 있는 그대로의 나를 보여줄 수 있었다. 그럴 수 있는 사람은 인생에서 처음이었다. 언니는 부모님이나 친언니보다 더 가깝게 느껴지는 존재였다. 내가 화를 내거나 짜증을 내면 언니는 비슷하게 화를 내거나 짜증을 낼지언정 결코 등을 돌리지 않았다. 답답한 이야기나 말도 안 되는 행동을 할 때도 한껏 답답해하면서도 곁에 있어주었다. 언니가 비슷한 행동을 할 때면 나 역시 그렇게 했다.

그리고 언니는 내가 경제적으로나 심적으로 가장 어려웠던 시기에 같이 살자며 손을 내밀어준 사람이기도 했다. 사정이 어려워져서 그러니 같이 좀 지내도 되겠느냐는 염치없는 말에 언니는 자기 집의 반을 비워주었다. 덕분에 그 집에서 일 년 동안 같이 살면서 편하게 글을 쓰고 부담스럽지 않은 안락함을 누릴 수 있었다. 하지만 되돌아보면, 어쩌면 이 모든 게 문제였을지도 모르겠다는 생각이 든다.

일 년 뒤 나는 언니 집에서 나왔고 우리는 서로 멀리 떨어진 동네에서 살게 됐다. 매일같이 보던 사이였고 얼굴만 마주치면 "한잔해야지!"를 외치는 사람들이었는데 각자의 일상에 몰두하다보니 대화를 나눌 시간이 줄어들었다. 그러다 조금씩 연락이 뜸해졌고 어느새 문자 한 통 없이 지나가는 날들이 쌓여갔다.

우리가 그렇게 멀어진 이유를 막연하게 떠올려봤지만 그 이유가 단 하나인 것 같지가 않아서 더 어렵게만 느껴졌다.

처음에는 걱정이 됐다. 그다음은 서운했고, 그 마음은 점점 분노와 원망으로 바뀌었다. 내가 뭘 잘못한 거지? 대체 어떤 오해가 쌓였던 거지? 가끔은 욱한 심정이 올라오기도 했다. 답답하고 속상한 마음에 혼자 운 적도 있었다. 하지만 그런 시간을 보내는 동안 머릿속이 맑아졌다. 모든 사람에게 사랑받을 수는 없다. 그리고 내가 좋아하는 사람들과 애정을 주고받는 일도 쉬운 일이 아니다. 누군가에게 내가 거리를 두고 싶은 존재일 수도 있다. 그리고 그 누군가가 내 절친일 수도 있다. 그러면서도 종종 의문이 들었다. 대체 우리는 어디서부터 잘못된 걸까.

얼마 전, 산 지 육 개월도 안 된 휴대폰이 갑자기 먹통이 됐다. 불현듯 꺼진 휴대폰은 다시 켜지지도 않고 배터리 충전도 되지 않고 몇 시간 동안 아무 반응이 없었다. 그날은 휴일이어서 서비스센터에 가볼 수도 없었고 인터넷 검색으로 문제점과 해결책을 짐작해봐야 했다. 혼자 사는 데다 집 전화도 없고, 컴퓨터에 미리 카카오톡을 깔아두지도 않았기에 하루 동안 그야말로 고립된 기분을 절절히 맛보았다. 단 하루 휴대폰을 쓸 수 없다는 사실에 이렇게 불안해지다니. 별일 아니라는 걸 알면서도 당시에는 무척 별일으로만 느껴졌다.

다음 날 아침, 눈을 뜨자마자 휴대폰 서비스센터에 갔더니 메인 보드가 나갔다고 했다. 결국 한 시간 후에 모든 주소록, 사진, 음악, 파일이 사라진 새 휴대폰을 받게 되었다. 데이터 복구에 실패했다는 것에 나보다 더 아쉬워하던 엔지니어가 휴대폰을 닦아주며 그랬다. "아주 미세한 크랙이 반복되다가 커져서 결국 이렇게 된 것 같아요."

그 말에 문득 언니와 내 생각이 났다. 어쩌면 우리도 그런 거일지 모른다. 티도 안 나는 작은 균열이 점점 둘 사이에 큰 틈을 만든 걸지도 모른다. 우리에게는 새로운 관계가 필요했던 걸지도 모른다. 이제껏 우리와는 다른, 어쩌면 우리 말고 다른 관계 말이다.

어제의 내가 다르고 오늘의 내가 다르듯, 어제의 우리가 다르고 오늘의 우리가 다르다. 관계는 그렇게 매일 변해간다. 죽도록 미워했던 사람끼리 하룻밤 사이에 화해할 수 있듯이 죽고 못 사는 사이도 바로 다음 날 남보다 더 멀어질 수 있다. 그리고 그렇게 된 데에는 한 가지 이유만 있는 게 아닐 것이다. 언니와 내가 이렇게 서먹해졌다는 것, 아직도 믿을 수 없고 인정하고 싶지 않지만 이게 현실인 걸 어쩌나.

다만 담담하게 생각하게 되는 사실 하나가 있으니 그동안의 우리가 서로를 받아들여왔던 것처럼 이번의 우리 역시 받아들여야 한다는 거다. 억지로 납득하거나 이해하려고 애쓰지 말고 이러한 선택도 있다는 것을 인정해야 한다는 거다. 이렇게 생각할 수 있었던 건 얼마 전 후배 지원이가 해준 이야기 때문이었다. 마치 나에게 들려주는 이야기 같아서 지원이와 헤어지고 집에 돌아와 수첩에 적어둔 말이 있었다.

"예전에는요. 관계 안에서 서운한 일이 있거나 오해가 생기면 늘 상대방 생각을 먼저 했어요. 그 사람은 왜 그런 말을 했을까? 그 사람의 진심은 뭘까? 그렇게요. 그러다 보면 늘 드는 생각은 '내가 맞는데! 쟤는 이상해!'고, 매번 속만 상하는 거예요. 다 내가 맞는 것 같은데 대부분의 사람들이 내 맘 같지 않으니까요.

근데 언젠가부터는요. 그냥 나를 먼저 생각해요. 이를테면 내가 왜 지금 기분이 안 좋지? 내가 그 말에 왜 그렇게 화가 났을까? 이렇게 내 감정에 대해 곰곰이 생각해보면 거기엔 늘 분명한 이유가 있더라고요. 그렇게 내 생각이나 마음을 파악하고 나니까 상황이 보이고, 상황이 보이니까 상대가 보이더라고요.

그러고 나니까 그 사람이 그렇게 행동하고 반응한 이유가 이해가기 시작하는 거예요. 우리 사이에 왜 그런 오해나 다툼이 생긴 건지도 알게 되고요. 그래서 언니 저는요. 이제 무슨 일이 생기면 나를 먼저 생각해요. 내가 느낀 감정, 기분, 그것만큼은 틀린 게 아니더라고요."

언니는 여전히 말이 없다. 나 역시 언니에게 더 이상 적극적으로 손을 내밀지 않는다. 이제는 그 모든 게 서운하지도 화나지도 않는다. 진심을 알고 싶어 전전긍긍하지도 않는다. 그저 우리에게는 그런 거리와 틈이 필요했던 거라고 믿는다. 서로가 없으면 안 될 것 같은 시간을 지나, 스스로의 힘으로 해결하고, 파악하고, 받아들이는 시간이 필요한 거라고.

여전히 언니는 내가 가장 오랜 시간 사랑해온 친구이자 앞으로 다시는 못 만날 것 같은 사람이다. 우리 사이가 예전처럼 돌아가지 못하더라도 언니가 건강하게, 행복하게 지냈으면 좋겠다. 나도 그럴 것이기 때문이다.

그렇게 우리는 각자의 자리에서 스스로 살아가는 법을 배우고 있다. 산처럼 쌓였던 얘기는 언제인가부터 작은 언덕이 되었고, 이제는 잔디밭처럼 평평해졌다. 이제 우리는 그 위에 발을 딛고 서서 또 다른 방향으로 걸을 준비를 하고 있다. 우리의 우정은 지금도 변화하는 중이다.

나를 위한 주문.

_____ 얼마 전, 편집자와 대화를 나누다가 그가 진행한 행사 이야기를 듣게 되었다. 만화 〈보노보노〉를 만든 이가라시 미키오 작가의 내한 강연이었는데 "요즘 젊은이들에게 해주고 싶은 말씀이 있나요?"라는 질문에 그는 이렇게 말했다고 한다. "목숨 걸고 하지 마세요. 무슨 일을 하든 죽을 듯이, 아등바등대면서 할 필요는 없다고 생각해요." 그 말을 듣고 머릿속이 반짝! 했다는 편집자는 이렇게 덧붙였다.

"그 말이 너무 좋은 거예요. 맞아, 무슨 일을 하든 목숨 걸고 할 필요는 없는 거구나 싶어서요. 그래서 이제는 일할 때도 그 말이 생각나요. 실수하거나 계획했던 업무 일정이 미뤄져도 이런 생각이 드는 거예요. '죽는 것도 아닌데 뭐.' 따지고 보면 사람 목숨이 달린 일도 아닌데 뭐 그렇게 흥분하고 안달복달해왔나 싶어요. 그 생각을 하면서 일하니까 마음이 편해요."

맞은편에 앉아서 그 말을 들은 내 마음 역시 노곤노곤해지면서 조그만 용기가 싹트기 시작했다. '그래, 그런 거 같아. 세상에 목숨보다 중요한 일이 어디 있다고.' 그러면서 생각했다. '목숨 걸고 하지 마세요'라는 한마디가 이 사람에게는 삶의 한 줄이 된 것 같다고. 그의 마음과 행복을 위한 짧지만 강력한 주문이 된 것 같다고. 그리고 그 한마디를 가지고 있는 사람과 그렇지 않은 사람은 조금 다른 일상을 살 것 같다고.

얼마 전에 텔레비전을 보면서 나 역시 마음속에 빛 한 줄기가 번쩍! 하는 경험을 했다. 최화정, 이영자, 송은이, 김숙 씨가 줄기차게 음식을 먹으며 고민을 가진 시청자들에게 음식으로 힐링을 제안하는 프로그램 〈밥블레스유〉를 보면서였다. 그들은 지치는 일도 없이 온갖 음식을 먹다가 갑자기 앉은자리에서 일어나더니 춤을 추기 시작했다. 그 이유는 '소화시키기 위해서'. 그래야 또 다른 음식을 먹을 수 있기 때문이었다. 기다란 거실 복도를 오가며 소화를 위해 막춤을 추는 자신들의 모습이 우스웠던지 누군가가 "우리 이상하게 보일 것 같아!"라고 소리쳤는데 그 말에 이영자 씨는 말했다. "이게 잘 사는 거야."

아……! 그 한마디에 나도 모르게 입 밖으로 작은 탄성이 새어나왔다. 그래, 저게 잘 사는 거지. 좋아하는 사람들이랑 맛있는 음식을 배 부를 때까지 먹고, 같이 이야기하고 춤추고, 떼굴떼굴 웃으면서 그 모든 일들을 아무것도 아닌 일로 만들어버리는 것. 그런 게 잘 사는 거지. 한동안 나는 네 사람의 행복에 겨운 표정을 바라보며 마음 깊이 힐링했다.

그날 이후로 이영자 씨의 그 한마디를 마음에 담고 지낸다. 문득 행복하다는 느낌이 들 때마다, 행여 그렇지 않을 때라도 그 말을 떠올린다. '이게 잘 사는 거야.' 이 말은 묘한 희망을 전해준다. 그 어떤 위로와 응원보다 용기를 준다. 앞으로도 내가 하는 모든 생각과 행동 다음에 이 말이 따라온다면 삶에 조금 더 자신이 생길 것 같다.

나에게도 주변 사람들에게 자주 하게 되는 말이 있다. 그 말은 "그냥 하는 거야"다. 잘하려고도 하지 않고 실수 안 하겠다는 다짐도 안 하고, 과정과 결과에 대해 생각할 것도 없이 "그냥 하는 거야"라고 말한다. 그게 어떤 일이든 일단 그냥 하자는 생각에서다.

잘하려다보니 긴장한다. 실수하면 안 된다는 생각에 조바심을 낸다. 하지만 그런 다짐과 마음가짐이 우리를 바른 길로 이끈 적이 얼마나 있었던가. 그래서 무슨 일을 하기에 앞서 생각한다. '그냥 하는 거야'라고. 그러고 나면 어떤 결과 앞에서도 담담해질 수 있다. 이미 그려놓은 계획표가 없고 상상해둔 결과가 없다면, 실망할 일도 비교할 일도 없기 때문이다. 그저 하기만 하면 되기 때문이다. 그렇게 하다보면 생각지도 못한 행운이나 기쁨이 다가올 수도 있다. 예상치 못한 고난과 불행도 찾아올 수 있다. 그렇다면? 그때도 다시 그냥 하면 된다.

우리에게는 행복의 주문이 필요하다. 떠올리기만 해도 박카스 한 병을 마신 것처럼 힘이 번쩍 나는 한마디. 어깨를 늘어뜨린 누군가에게 "난 이런 생각을 하면서 살고 있거든" 하며 스르륵 건네주고 싶은 한마디. 그걸 품고 사는 사람은 매일같이 찾아오는 김빠지는 상황 앞에서도 담대해질 수 있다. 시시때때로 우리를 실망시키는 사람들 앞에서도 의연해질 수 있다. 그러니 오늘이라도 내 마음을 위한 주문을 찾아보자. 그리고 그걸 가슴에 품고 살자.

재미없어도
재미있을 수 있어.

_____ 나는 유난히 웃기는 것에 집착하는 사람이
었다. 늘 무리에서 제일 웃기고 싶어서 학창 시절 때부터 농담
이나 말장난으로 아이들의 배꼽 빠뜨릴 일을 도모했으며, 결국
코미디 작가가 되었다. 사람을 만날 때도 웃기는 사람을 최우선
으로 치면서도 그 사람보다 내가 더 웃기기를 바랐다. 될 수 있
는 한 재미있는 자리에만 가고 싶었고 조금이라도 분위기가 처
지거나 우울하면 좀이 쑤셨다. 웃음을 추구하는 일에서만큼은
철저한 쾌락주의자였다.

대학생이 되고 나서, 오랜만에 만난 고등학교 때 친구는 남자친구가 생겼다고 했다. 그 이야기를 듣고 내가 제일 먼저 한 질문은 이랬다. "걔 재미있어?" 친구는 대답했다. "아니." 나는 또 물었다. "그럼 걔랑 있으면 재미있어?" 친구는 대답했다. "딱히 뭐, 재미있다기보다는……" 나는 물었다. "그럼 왜 만나?"

배려라고는 1도 없는 질문에 친구는 불편해하는 기색도 없이 말했다. "편해서. 재미있는 사람은 아닌데 같이 있으면 그냥 좋아." 속으로 영문을 모르겠다고 생각했지만, 이후에도 내가 더 재미있는 사람을 찾아 이리저리 방황하고 있을 때 친구는 꽤 오랜 시간 그 한 사람과 연애를 했다.

가끔 잘 풀리지 않은 과거의 연애를 곱씹을 때마다 그때의 내 모습이 떠오른다. 나는 연애를 할 때마다 재미있는 사람을 찾았다. 나를 웃겨주는 사람, 웃음 코드가 잘 맞는 사람. 같이 있으면 신나고 즐거운 사람만 만나고 싶었다. 하지만 그런 사람들은 나 말고 다른 사람들도 웃겨주는 사람이었고, 결국엔 더 웃겨주고 싶은 사람을 찾아 떠났다.

처음에는 재미있는 사람인 줄로만 알았는데 그렇지 않다는 게 느껴져도 금방 싫증을 냈다. 연애는 재미있으려고 하는 거 아닌가. 같이 방방 떠야 제맛 아닌가. 그 이유에서였는지는 모르겠지만 늘 짧은 만남만을 반복해왔다. 그 사람의 어둠, 우울, 슬픔이 보이면 어쩔 줄을 몰랐다. 내가 바라온 연애는 이런 게 아니었는데, 싶어서.

하지만 친구는 알고 있었던 거다. 사람은 재미로만 만나는 게 아니라는 것을, 재미가 인생의 전부는 아니라는 것을. 그때의 나는 친구의 말을 지루하게만 받아들였고 그런 따분한 만남은 하지 않을 거라 다짐했다. 그러나 요즘에는 친구와 비슷한 생각을 한다. 재미가 다 뭐라고. 재미 그거, 생각보다 중요한 게 아니라는 실감이 드는 거다.

얼마 전에 오랜만에(!) 남자를 만났는데 그 남자는 웃기지 않았다. 위트 있는 농담 한마디 할 줄 몰랐고 나와 웃음 코드도 달랐다. 그런데도 만나고 있으면 괜찮았다. 함께 있으면 웃기는 일은 하나도 없는데 자꾸 웃게 됐다. 별것 아닌 일에도 폭소를 터뜨리게 되고, 그와 만나고 집으로 돌아오는 길에는 이상하게 미소가 흘렀다. 뭐야. 사랑에 빠진 것이냐? 그런 것이냐? 그런 거였다.

그는 선하고, 배려심 있고, 여전히 순수함이 느껴지는 사람이었다. 그가 하는 엉뚱한 말이, 사소한 일에도 놀라는 눈빛이, 썰렁한 농담 하나에도 온 얼굴을 구겨가며 웃는 모습이 그저 좋아보였다. 어느새 나 역시 그의 앞에서 비슷한 표정을 지으면서 어쩌면 내가 이제야 사랑하는 사람을 만난 걸지도 모른다고 생각했다. 첫사랑을 논하기에는 절로 얼굴이 빨개지는 나이에 안 웃겨도 웃긴 사람을 만나면서, 재미없는데도 재미있는 시간을 보내면서 그런 생각을 했다.

그 경험을 통해 웃기지 않아도 웃는 방법을 알게 되었다. 재미가 있든 없든 무언가를 즐기는 방법을 배우게 됐다. 묘한 초조함과 성급함 없이 사람을 만나고 편안하게 소통하는 법을 깨달았다. 그러고 나니 만날 수 있는 사람들의 폭이 넓어졌다. 웃음코드가 달라도, 만나서 나눌 재미있는 에피소드가 없거나 관심사가 달라도 함께 시간을 보내는 일이 즐거울 수 있다는 것을 알게 되었다. 별것 아닌 대화를 나누고 헤어져도 괜찮고, 말없이 차 한잔 마시는 시간도 좋고, 내용 없는 안부 메시지를 주고받아도 서로가 편안함을 느낀다면 그걸로 충분하다고 생각할 수 있게 됐다.

과거의 내 모습을 떠올려보니 알겠다. 재미만 좇다보면 인생이 더 재미없어진다는 것을. 재미에 초연해질수록 일상과 관계가 편안해진다는 것을. 재미에 신경 안 쓰고 사는 삶, 그것도 충분히 괜찮을 수 있다는 것을 이제야 비로소 알아간다.

아무것도 하지 않음으로써
완벽해진다.

"얼마 전에 놀란 게 하나 있잖아."

_____ 오랜만에 만난 선배가 이야기 하나를 들려
줬다. 선배는 업무에 도움을 받기 위해 이삼십대들이 주로 이
용하는 인터넷 커뮤니티에 가입하게 되었는데, 그곳에 낯선 게
시물들이 속속 올라오더라는 것이다. '나 지금 스타벅스 계산대
앞. 녹차 프라푸치노를 먹을까? 아이스 아메리카노 벤티 사이
즈 먹을까?' '티셔츠 사러 왔는데 어떤 컬러가 나음?' '오늘 점
심 뭐 먹지? 누가 딱 떨어지는 메뉴 선택 좀!' 처음에는 장난인

줄 알았던 글들이 '결정 장애'라는 제목으로 연달아 올라오는 것을 보고 선배는 어리둥절했다고 한다. 나 역시 그 말을 듣고 그게 진짜 있는 일인가 싶어 묘한 표정만 지었다.

많은 사람들이 완벽주의에 의문을 갖고 있으면서도 스스로가 가지고 있는 완벽주의 성향을 버리지 못해 괴로운 나날을 보낸다. 특히나 경제난과 과잉 경쟁으로 도전에 앞서 그에 드는 노력과 비용을 먼저 염려해야 하는 요즘 같은 시대에는 미리부터 완벽을 기하게 된다. 나 역시 이삼십대 때는 그랬다. 줄곧 달성하지도 못할 완벽함을 지향하며 아등바등 속을 태웠고, 행여나 실수라도 할까봐 불안했다. 아무것도 가진 게 없는데도 잃을 게 한가득인 사람처럼 욕심을 냈다.

만약 내가 요즘 이십대로 살고 있다면 인터넷 커뮤니티에 비슷한 글들을 올리고 공감하며 마음속 답답함을 해소하고 있었을지도 모르겠다. 실패하기 싫고, 어떤 결정이든 제대로 하고 싶으니까. 하지만 그렇게 결정하고 행동하는 일에 몸을 움츠릴수록, 결정하는 법과 행동하는 법에 대해 알 수 없게 된다. 결국은 아무것도 행동하지 않고, 아무것도 결정하지 않은 채 지금 그

자리에 머물러 있게 된다.

완벽주의의 가장 큰 폐해는 사람을 소진시키는 것, 또 하나는 사람을 무기력하게 만든다는 것이다. 우리는 완벽해지고자 매일같이 노력하지만 상상하는 완벽함에 도달할 수 없어 점점 지쳐간다. 그러는 사이에 결정하는 힘을 잃어버리고, 행동하려는 의지는 퇴색된다. 수많은 생각과 걱정, 불안을 넘어 결국 '아무것도 하지 않기'를 선택한다. 왜냐하면 아무것도 하지 않으면 실수도 안 하기 때문이다. 아무것도 시도하지 않음으로써 비로소 완벽해질 수 있기 때문이다.

내 주변에도 완벽주의를 지향하느라 아무것도 하지 않기를 선택하는 사람들이 있다. 마음이 다치는 게 싫어서 누군가에 대한 호감을 접고, 실패할 것이 두려워서 새로운 도전을 미룬다. 노력도 가능성이 보여야 하는 거라는 생각, 이제 와서 용써봤자 소용없다는 생각, 그래도 한번쯤은 시도해봐야겠다 생각은 하면서도 어느새 온갖 안전하지 않은 결말들에 사로잡혀 조용히 마음을 접는다. 그 과정은 참는 것만 잘하는 사람, 모든 일에 시큰둥한 사람을 만들어낸다.

다음을 읽고 자신에게 해당된다고 생각하는 항목을 골라보자.

1. 어떤 행동을 하기에 앞서 생각하는 시간이 긴 편이다.

2. 꼼꼼하다는 말을 자주 듣는다.

3. 청소나 정리를 자주 해야 마음이 편하다.

4. 무언가에 대해 생각하느라 종종 잠을 설친다.

5. 스스로조차 생각이 너무 많다고 느낀다.

6. 카페 음료, 점심 메뉴 등은 남들이 정해주는 게 편하다.

7. 귀가 얇은 편이다.

8. 실수했을 때는 자존심이 상했다는 생각이 먼저 든다.

9. 평소 사람들의 시선과 의견을 많이 신경 쓰는 편이다.

10. 새로운 일을 시도하는 것에 두려움과 불안을 느낀다.

이상은 자신의 완벽주의자 성향을 알아보는 설문이다. 과학적인 근거는 하나도 없고 그저 한번 만들어본 것이니 가볍게 생각해주셨으면. 참고로 주변 사람들에게 이 설문을 실행해본 결과 과반수 이상을 체크한 사람들은 스스로조차도 완벽주의 성향이 있다고 느끼며 사는 사람들이었다.

나로 말할 것 같으면 평소에 심사숙고하기보다는 저지르는 편이고, 그로 인해 후회할 일도 많이 만든다. 겁이 많고 소심한 성격이지만 자꾸 생각만 하다가 점점 땅굴을 파고 그 안으로 들어갈 내 모습이 더 겁난다. 하지만 의외로 삶에 대한 만족도는 높은 편이다. 왜냐하면 저지른 만큼 후회하는 일이 적기 때문이다.

어떤 선택과 행동에 앞서 내가 가장 많이 떠올리는 것은 '이걸 안 하면 후회할까?'다. 길게 산 것도 아니고, 자랑할 만큼 잘 살아오지도 않았지만 그동안 지내오면서 깨달은 사실 하나는 '내가 왜 그랬을까?'라는 후회는 생각보다 길게 가지 않는다는 것이다. 반면에 '내가 왜 안 했을까?'라는 후회는 몇 년이 지나도 머릿속에서 사라지지 않았다.

하고 하는 후회와 안 하고 하는 후회가 있다면 나는 전자를 더 선호한다. 아니, 딱히 선호하지 않아도 이미 그러고 있다는 게 문제랄까. 그러고 나서 후회가 밀려올 때마다 '어쩔 수 없지 뭐'라고 생각한다. 내가 벌인 짓이니 아무도 원망할 수 없고, 누구한테 따져 물을 수 없다는 사실에 속이 쓰려도 얼른 잊어버리는 수밖에 없다. 금세 잊히지 않더라도 '언젠가는 까먹게 되겠지'라고 믿는다.

그런 의미에서 자신의 완벽주의 성향 때문에 고민이라면, 무언가를 하기에 앞서서 스스로에게 '이게 맞는 결정일까?'보다 '이걸 안 하면 후회할까?'라고 물어볼 것을 권하고 싶다. 세상에 백 퍼센트 맞는 결정은 없어도 안 하면 후회할 일은 있다. 완벽한 행동을 하는 것보다 후회 안 할 각오를 하는 게 더 나을 때도 있다. 아무리 완벽해 보이는 사람이라도 그들은 스스로가 전혀 완벽하지 않다고 생각하며 살 것이다. 다들 창피하고 용기가 없어서 스스로의 약함과 불완전함을 드러내질 못할 뿐이다.

완벽주의는 우리를 조금씩 갉아먹는다. 더 나은 결과를 낳을 것 같지만 오히려 결정과 행동으로부터 뒷걸음질 치게 만든다. 완벽을 지향하는 마음보다 더 힘이 센 것은 이미 저지른 일을 수습하는 순발력이라고 믿는다. 나는 앞으로도 굳건한 인내심보다 단순한 순발력을 발휘하면서 살고 싶다.

생일엔 밥。

"생일 파티 해야지?"
"파티는 무슨."

_____ 얼마 뒤면 내 생일이지만 파티는 하고 싶지
않다. 그래서 생일 때마다 어물쩍 넘어가곤 하지만 예전에는 생
일 파티가 진심으로 싫었다. 왜냐하면 내가 세상에 태어났다는
것이 그다지 기쁘지 않았기 때문이다. 죽고 싶다는 생각을 하지
는 않았지만 딱히 살고 싶어서 사는 것도 아니었다. 그냥 묵묵
히 살아가면 될 것을 뭘 축하까지 할 일인가 싶었다.

비슷한 이유로 자기 생일을 챙김받기를 원하는 사람도 괜히 애처럼 보였다. 누군가 생일 선물로 뭐 받고 싶으냐고 묻는 것도 멋쩍었으며, 받은 게 있으면 되돌려주어야 한다는 생각에 부랴부랴 선물을 고르는 일도 달갑지가 않았다.

이래저래 생일에 대해서는 시니컬한 인간이었지만 주변 사람들 마음은 또 그게 아닌지라 생일이 다가오면 뭘 받고 싶으냐고 묻는다. 그때마다 "나에게는 생일을 축하하는 문화가 없어"라고 말하곤 했지만 그 말에 대부분의 사람들은 어이없어했다. 개중에는 "아 글쎄, 필요한 거 뭔데?"라며 종용하는 친구도 있어서 필요한 생필품을 떠올려본 적도 있었다. 보디로션 사야겠네, 주전자가 필요한데, 쌀이 다 떨어졌네…… 아무리 그래도 생일 선물로 쌀을 받을 수는 없지 않나?

그런데 언제인가부터 소규모로 여는 생일 파티의 따뜻함을 알아버렸다. 많은 사람들이 북적북적하게 모이는 서구식(!) 파티는 여전히 내키지 않아서 내 생일을 그렇게 치르는 것도, 그 자리에 초대받아 가는 것도 별로지만 좋아하는 친구 두세 명이랑 보내는 생일, 즐겨 가는 식당에서 함께 식사를 하거나 집에서 배달 음식을 시켜 먹으며 같이 텔레비전을 보는 시간은 좋아한다. 생일을 축하받는 건 여전히 쑥스럽지만, 수십 년 전 태어난 날을 편안한 사람들과 함께 보낼 수 있다는 것은 좋다. 무엇보다 이날을 위해 그들이 시간을 비워줬다는 것이 고맙다. 그러면서 깨닫는다. 자꾸만 사소한 게 좋아진다고.

"평소에 뭘 좋아하세요?"

얼마 전 한 인터뷰에서 이런 질문을 받았다. 평범한 질문인 것 같으면서도 어쩐지 골똘히 생각하게 만드는 질문이었다. 잠깐 생각하다가 이렇게 대답했다. "저는 작은 거, 사소한 걸 좋아해요. 대단한 거에는 별로 끌리지 않아요." 구체적이지도, 적절하지도 않은 대답이라는 걸 알면서도 그렇게 대답하고 말았다. 시간이 지남에 따라 작은 것을 좋아하는 사람이 되어간다. 사소한 일에 감동하고, 별것 아닌 일이 고맙다. 왜냐하면 그 별거 아닌 일이 사실은 별거라는 걸 알아가기 때문이다.

무라카미 류의 에세이에 이런 이야기가 나온다. 한 라디오 프로그램에 출연한 류는 요즘 가장 갖고 싶은 게 무엇이냐는 질문을 받는데, 한참 생각해봐도 떠오르지가 않아서 없다고 대답한다. 그러면서 얼마 전, 오랜만에 백화점에 갔지만 진짜로 갖고 싶은 게 하나도 없어서 아무것도 사지 않고 돌아왔다고 말하고, 그 말에 사회자는 놀란다. 그 일화와 함께 그는 말한다.

욕망은 상상력에 의해 길러지고, 강도를 증가시키는 법인데 언제 어디서든 손쉽게 잡을 수 있다면 로망이 생겨날 리 없다.

무라카미 류, 『살아남는다는 것에 대하여』(홍익출판사, 2016)

나 역시 어렸을 때는 늘 갖고 싶은 게 많았다. 실제로 수첩을 살 때마다 맨 첫 장에 갖고 싶은 것들의 목록을 적어두는 습관이 있었다. 그 리스트는 시간이 지날수록 늘어나기만 할 뿐 줄어들지 않았지만, 원해왔던 걸 갖게 되더라도 그 감동은 오래가지 않았다. 금세 새롭게 갖고 싶은 무언가가 생겼기 때문이다. 그 시절의 나는 갖고 싶은 게 이렇게 많은 사람이라는, 내가 가진 욕망 자체를 뿌듯해했던 걸지도 모른다.

하지만 요즘은 진짜 갖고 싶은 게 별로 없다. 아니, 정말 갖고 싶은 건 아무리 원해도 가질 수 없다는 것을 알아버렸다. 언젠가부터 물건에 대한 열망보다 마음에 대한 열망이 커졌다. 이를테면 애정이나 믿음 같은 것. 물건은 어떻게든 애를 써 손에 넣을 수도 있지만 누군가의 마음에 드는 일은 노력으로 되는 일이 아니기 때문이다. 누군가의 진심은 간절히 바란다고 해서 얻을 수 있는 게 아니기 때문이다. 그래서 아예 갖고 싶은 마음을 접어버렸다. 가질 수 없는 것은 열망하지 않는 게 맞는 것 같아서.

그래서인지 생일 때마다 뭘 갖고 싶으냐고 묻는 말에는 대답을 망설이게 된다. 그러다가 "밥이나 먹자"고 말하게 된다. 그 말을 들은 상대방은 대부분 "그러지 말고"라고 말하지만 나는 진짜 '같이 밥이나 먹는' 그 시간을 갖고 싶다. 내 눈치를 보고 마련한 선물 말고, 비싸고 대단한 물건들 말고, 같이 밥 먹고 이야기 나누는 시간이 가장 좋은 선물처럼 느껴진다. 써놓고 보니 참으로 식상하지만 이게 진심인 걸 어쩌나. 그렇게 시간을 내 서로 만나는 일이 결코 사소한 일이 아님을 알아버렸는걸.

이번 생일에도 좋아하는 사람들 두세 명이랑 모여서 밥 한 끼

먹고 싶다. 그 밥이라는 것도 대단할 필요 없다. 요즘은 뭘 먹어도 맛있으니까. 뭘 먹어도 많이 먹으니까. 그러니 더는 생일 파티 하자는 말도, 뭘 갖고 싶으냐고도 묻지 마시기를. 그냥 "그날 같이 밥 한 끼 먹자"면 된다. 그 말에 가장 설렌다.

하나도 안 변한 내 모습에

안도함。

_____ 매년 하는 새해 다짐이지만 매번 실패하는
게 있는데 그건 매일 일기 쓰기다. 짤막하게나마 감상을 남겨놓
자고 다짐하는 영화 감상문, 독후감 쓰기도 마찬가지다. 까먹기
전에 써놓아야 한다고 생각은 하지만 흐지부지되기 일쑤라서
바로 그저께 무슨 일이 있었는지도 생각이 안 나고, 읽었던 책
을 또 읽거나 봤던 영화인데도 결말을 까먹는 일이 부지기수다.

하지만 메모는 자주 하는 편이다. 몇 년 전부터 그때그때 생각
나는 것들이나 일기, 감상문이나 책 속의 글귀 등을 적어놓는

수첩을 만들기 시작했는데 그게 어느새 여덟 권이 됐다. 가끔 책이 안 읽힐 때나 글이 안 써질 때 하나씩 꺼내 읽으면 언제 이런 걸 다 끄적여놓았나 싶은 걸 발견하게 된다. 스스로 생산한 흑역사를 대면하는 기분이라고나 할까. 예를 들어 2013년 8월 27일 화요일 일기에는 이렇게 써 있다.

열 시간 내리 컴퓨터 앞에 앉아 있었는데 이거다 싶은 문장은 한 줄도 못 썼다. 한 건 없는데 허리는 끊어질 것 같아서 맥주를 두 잔 마시고 누워서 쪽잠을 잤는데 갑자기 베개에 물기가 느껴져서 눈을 떴다. 근데 나 왜 울고 있냐.

이유도 모르겠는데 점점 더 눈이 시큼시큼해지더니 갑자기 통곡처럼 눈물이 솟구쳤다. 그러다가 막 소리가 지르고 싶어서 이불을 뒤집어썼다. 대체 무슨 눈물인 거냐. 어영부영 보내온 바보 같은 시간들, 뭐 하나 결정하지 못하고 우유부단하기만 했던 요 몇 달에 대한 후회라도 되는 건지. 그러다가 몇 명인가의 얼굴이 떠오른다. 이럴 때는 얘기를 하고 싶은데 그 와중에 누구한테 전화하는 게 덜 없어 보일지, 덜 민폐를 끼치는 일일지를 고민하는 내가 한심해서 눈물이 쏙 들어갔다.

쭈뼛쭈뼛 일어나 욕실로 가서 거울을 봤더니 눈이 파리처럼 부어 있다. 차가운 물로 세수를 하고 물 1리터를 마셨다.

요즘 나의 문제
- 글이 안 써진다.
- 월세 낼 돈이 없어서 결국 엄마 집으로 들어왔다.
- 엄마는 밖에서 일을 하는데 딸인 나는 놀고 있다.
- 그런데도 늘 여행이 가고 싶다.

괜찮다, 절망도 하고 그러는 거다!

뭘 말하고자 하는지는 모르겠으나, 결국에는 새마을운동의 향기를 남기며 끝난 오 년 전의 일기를 보면서 나란 인간은 변한 게 없구나 싶었다. 한참 늙은 줄 알았는데 하나도 늙지 않았구나. 오 년이 지나도 이 모양이구나. 사람은 변화를 추구하며 살아야 한다고 믿었고, 시간이 지나면 더 나은 모습이 되어야 한다고 생각했는데 하나도 안 변한 내 모습에 묘한 안도감이 드는 이유는 뭘까.

심리학을 공부할 때 한 교수님께서 하신 말씀이 기억난다. "모든 관계의 기본은 상대방을 존중하는 거예요. 그 방법은 존재 Being와 행동Doing을 구분하는 데서부터 시작돼요. 그 사람이 한 행동이 미워도 그 사람의 존재는 인정해주어야 하지요. 잘못된 행동을 탓하면서 존재까지 지적하면(너는 왜 그 모양이니? 당신, 그것밖에 못 하는 사람이었어?) 그 사람은 결국 스스로를 부정해버립니다. 그때부터 마음이 병들기 시작해요."

생각해보면 나는 늘 자신을 부정하면서 살았던 것 같다. 지금 모습이 마음에 들지 않아서 더 나은 사람, 아니 다른 사람이 되어야 한다고 믿었다. 저 일기를 봐도 그렇다. 이유 모를 괴로움에 허덕이면서도 이러면 안 된다는 생각이 행간 곳곳에 묻어 있지 않은가.

하지만 시간이 지나고 그때의 나를 되돌아보니, 모자란 저 모습에 왠지 정감이 간다. 사람 냄새가 물씬 느껴져서 오히려 더 끌린다. 나는 변하고 싶었던 것이 아니라, 변하지 않아도 상관없는 나를 받아들이기가 어려웠던 게 아닐까. 사실은 그 모습을 인정하고, 또 인정받고 싶었으면서도.

요즘에도 나는 글이 잘 안 써지고 돈이 없고 엄마는 돈 벌 궁리를 하는데 나는 집에서 놀고 있다. 그런 사람이 나다. 나는 늘 이 모양 이 꼴이지만 그래도 괜찮다. 안 괜찮아도 어쩔 수 없다. 계속 이렇게 살 예정이니까. 오래된 수첩을 뒤적이다가 줄곧 바라온 내 모습이 결국은 나 자신이었다는 사실을 깨닫게 되다니, 이런 아이러니가 또 있나. 그러면서도 느껴지는 이 만족감은 또 뭘까.

이제라도 일기를 자주 써야겠다. 이다음에, 내가 어떤 사람인지 기억 안 날 때가 오면 내가 써온 이야기들이 나에 대해 알려주겠지. 그 글을 읽으면서 지금처럼, 하나도 안 변한 내 모습에 또 한 번 안심할지도 모른다. 그러면서 지금처럼 배시시 웃게 될지도 모른다.

자기계발서 읽는
작가。

_____ 얼마 전 서점에서 책을 구경하고 있는데 옆에 직장인으로 보이는 두 남녀가 섰다. 그중 한 명이 얼마 전 읽고 좋았다는 책 한 권을 권했는데 옆에 한 명이 하는 말. "근데 이거 자기계발서잖아. 너 자기계발서 읽는 사람이었냐?"

책 추천해준 사람을 은근히 면박 주는 분위기가 느껴져 고개를 들어 쳐다볼 수는 없었지만, 두 사람이 머뭇거리며 책을 내려놓았다는 것만큼은 감지할 수 있었다. 나도 모르게 속으로 중얼거렸다. '왜요…… 자기계발서가 어때서요…….'

마음이 힘들 때 사랑 이야기가 넘실대는 로맨스 소설은 도무지 소화가 안 된다. 격정의 역사와 고난에서 허우적대는 대서사시는 한 장 한 장 읽는데도 기력이 쇠하는 느낌이 든다. 인생과 행복에 대해 태평하게 이야기하는 에세이를 읽으면 '속 편해서 좋으시겠네요'라는 생각도 든다. 그럴 땐 나 역시 자기계발서를 찾았다. 때로는 채찍질하며 정신 차릴 때라고 말해주고, 너도 달라질 수 있다며 희망을 주고, 실질적인 조언과 함께 등을 두드려주는 책을 읽으면서 고개를 끄덕였다.

『먹고 기도하고 사랑하라』의 작가 역시 마찬가지다. 갑자기 찾아온 우울증과 이혼에 대한 스트레스로 스스로조차 낯선 하루하루를 보내던 그는 지푸라기라도 잡는 심정으로 서점에 가 책을 고른다. 그때 그의 눈에 들어온 것은 작품성 있는 소설이나 있어 보이는 인문학 서적이 아닌, 사랑과 관계에 대한 자기계발서들이었다. 동명의 영화를 보면서 문학을 업으로 삼고 있는 작가조차 힘들 때는 자기계발서에 의지하고 마는 장면이 인상적이었는데, 따지고 보면 그만 그럴까 싶다. 그날 서점에서 책을 권하고 멋쩍어진 그분과 글을 써서 먹고사는 나 역시 마음이 어려울 때는 자기계발서를 읽는다.

자기계발서의 포인트는 아무리 읽어도 내 삶이 그 책처럼 되지 않는다는 것에 있다. 바로 그 점이 자기계발서를 읽는 이유이기도 하다. 읽을 때만큼은 바짝 정신이 들지만 책장을 덮는 순간 내 고민이 뭐였는지조차 까먹게 되는 것. 그래서 몇몇 사람들은 "자기계발서, 읽어봤자 도움이 되겠어?"라고 말하곤 하지만, 그래서 도움이 되는 것이다.

독자로서 자기계발서를 읽으며 대단한 도움이나 변화를 기대하지 않는다. 책 한 권 읽는 동안만이라도 마음의 안정감과 나라는 사람의 가능성을 느끼고 싶다. 차 한잔 마시는 것처럼, 좋은 음식 한 그릇을 먹는 것처럼 책 한 권으로 잠시나마 삶에 대한 용기를 얻을 수 있다면 그것만큼 가성비 좋은 소비가 있을까. 이 점을 깨닫고 나서는 자기계발서를 사서 읽는 일에 주저하지 않게 되었다. 바로 지금 내 마음이 원하는 한 끼에 투자한다는 생각으로.

책 쓰는 사람으로서 책의 효용에 대해 자주 생각하게 된다. 도움을 주는 책, 작품성 있는 책, 잘 팔리는 책…… 책 한 권이 갖는 쓸모는 여러 가지가 있겠지만 책의 가장 큰 효용은 '재미'에 있다고 생각한다. 여기서 재미는 감동, 웃음, 편안함, 공감, 위로, 깨달음 등 다양한 요소들을 포괄한다.

그런 의미로 자기계발서는 마음이 힘들 때 가장 재미있는 책이 되어준다. 한심하게 사는 것 같아 자괴감이 들 때, 자존감이 바닥을 쳐 어디서부터 어떻게 헤쳐 나가야 할지 모를 때 읽으면 머리부터 가슴속까지 절절하게 전달된다. 읽다보면 깊숙한 재미와 의미를 동시에 만날 수 있다.

어떤 사람들은 책에 더 심오한 의미를 부여하곤 하지만, 애초에 책 한 권으로 인생이 달라질 수 있다고 믿는 사람이 나는 더 신기하다. 읽고 싶을 때 읽는 책이 가장 좋은 책이며, 그럴 때 읽는 책이 가장 재미있는 책이라고 믿는다. 그래서 자기계발서가 필요할 때는 자기계발서를 읽는다. 누군가가 그건 앞날에 하등 도움이 안 된다고 말할지라도 그 순간만큼은 '나는 지금 자기를 계발하는 중이니까'라고 위안하며 읽는다. 그러니 자기계발서 읽는 사람들의 취향, 존중해주시겠습니까? 우리는 단 한 줌의 자기계발이라도 시도하려 애쓰는 사람들이니까요.

본전 생각 안 나는
호의。

_____ 선하고 마음 여린 친구 Y는 평소 주위 사람
들을 잘 챙긴다. 유쾌하면서도 배려하는 태도로 대부분의 자리
에서 분위기 메이커로도 활약한다. 그런데 Y는 가끔 기운이 빠
질 때가 있다. 속상한 듯 푸념을 털어놓는 친구의 이야기를 들
어보면 대부분 비슷한 뉘앙스를 담고 있었다. 해줄 거 다 해주
고 나서 괜히 해줬다는 생각이 드는 모양이었다.

"사람 관계에도 갑과 을이 있는 것 같아. 베푸는 사람은 늘 베
풀기만 하고 받는 사람은 늘 받기만 한다? 나는 항상 을인 것

같아. 처음에는 호의로 시작했는데, 결국에는 억울한 기분이 드는 거야. 난 왜 자꾸 퍼주기만 하는 건지. 이런 생각 하는 내가 못된 거냐? 내가 이상한 거냐?"

못된 게 아니라고 했다. 이상한 게 아니라고 했다. 사람 마음이라는 게 다 그런 거라고 말했다. 굳이 따지자면 아쉬운 점 하나는, 친구가 베푼 호의가 스스로를 위한 게 아니라는 것에 있었다. 친구는 상대방을 생각해서 호의를 베푼 거였다. 대부분의 호의가 그런 거라고 생각하지만 그렇지 않다. 상대방을 생각해서 베푼 호의는 결국 본전 생각을 몰고 온다.

그래서 친구에게 늘 비슷한 이야기를 한다. "본전 생각날 것 같으면 아예 해주지 마. 나중에 후회 안 할 만큼만 해줘. 남 챙기지 말고 너 먼저 챙겨." 그 말을 듣고 고개를 끄덕이면서도 친구는 조만간 또 남을 생각해 베풀고 말 사람이라는 걸 알고 있다.

'호의가 계속되면 권리인 줄 안다'는 말은 들을 때마다 마음 안쪽이 찌릿해진다. 정말 그런 것 같아서다. 하지만 이 말에서 권리인 줄 아는 사람만이 꼭 문제일까. 호의를 계속 보이는 사람은 그저 선량하기만 한 걸까? 남의 호의를 자신의 권리라고 여기는 사람도 곤란하지만, 권리인 줄 알 때까지 호의를 베푸는 사람도 곤란하다. 사람 마음이라는 게 그런 것 아닌가. 해주면 더 해주길 바라게 되고, 받으면 더 받고 싶어지는 걸.

한때는 나도 내가 건네는 호의가 나를 더 좋은 사람으로 만들어줄 거라 믿었다. 그래서 늘 사람들에게 친절하게 대하고 싶었고, 잘 보이고 싶었고, 그로 인해 얻은 갖가지 칭찬과 감탄을 통해 더 나은 사람으로 거듭나고 싶었다. 하지만 열을 베풀면 돌아오는 것은 다섯 개쯤 됐나. 자꾸만 무리해서 퍼주고만 있는 건 아닌지 되돌아보게 됐다. 그 시점에서 이미 호의를 진심으로 베푸는 사람이 아니게 됐다. 그렇게 잘해줬는데 아무것도 모르는 척 받기만 하는 것 같은 상대를 대할 때마다 속으로 계산기를 두드리며 대가를 바라게 되었으니까.

그 당시 내가 베푼 호의는 상대방을 위한 거였다. 이만큼만 희생하면, 이만큼만 더 친절하게 굴면 상대방이 기뻐할 것이고 나를 더 아껴줄 거라고 생각했다. 호의를 거듭하는 수고와 희생을 언젠가 어떤 식으로든 보상받을 수 있을 거라고 믿었다. 따지고 보면 내가 베푼 건 호의가 아닌 계획 또는 계산은 아니었을까. 하지만 그런 마음을 들킬까봐 더 크게 호의를 베풀다 결국 '호의 번아웃'을 경험했다. 더는 누군가에게 아무것도 해주고 싶지 않다며 푸념하는 친구 Y처럼 말이다.

우리는 매번 좋은 게 좋은 거라고 생각하지만 좋은 건 좋은 사람한테만 좋은 것이다. 늘 베풀기만 하는 사람이 늘 받는 사람만큼의 기쁨을 느끼며 살기란 쉬운 일이 아니다. 하지만 내가 기쁨을 느낄 수 있을 만큼만 베풀면 그런 모난 마음이 사라진다. 깜냥이나 수준보다 넘치는 호의를 무리해서 베푸느라 허덕이고 원망할 일이 없기 때문이다. 그걸 알면서도 마음에 드는 사람이 생길 때마다 진하게 농축된 호의로 그를 녹다운시키고 말겠다고 다짐하는 꼴이라니. 그러면서도 예상한 만큼의 결과나 반응이 돌아오지 않으면 어김없이 낙담하고 상처받는 모습이라니. 에구구 학습을 모르는 자여, 그 이름은 바로 내 이름 석 자로다.

후배 J는 만날 때마다 뭔가를 들고 온다. 빵을 사 오거나 선물을 사 오거나 그도 아니면 밥이나 차를 사 주겠다며 어딜 가든 먼저 지갑을 연다. 날 만나러 멀리까지 온 사람한테 대접해주지는 못할 망정, 자꾸 얻어먹는 것 같아 그러지 좀 말라고 잔소리를 하면 이런다. "언니. 내가 하고 싶어서 하는 거예요. 주고 싶어서 주는 거라고요. 왜 내 기쁨을 방해하세요!"

'나는 네 기쁨을 방해하는 게 아니야. 혹시나 먼 훗날 네가 베푼 것들을 떠올리면서 문득 억울한 생각을 할까봐 그러는 거야. 그게 걱정돼서 그래. 혹시라도 나중에 그런 생각이 들더라도 나한테 뭐라고 안 하는 거다? 그러는 거다?'라고 말하고 싶었지만 할 수 없었다. 후배가 보여주는 호의가 진심으로 느껴져서였다. 언니를 만날 때만 돈을 쓴다는 말에, 그거 하고 싶어서 돈 번다는 말에 울컥해서 나 역시 또 다른 다정함으로 돌려주고 싶은 마음이 생긴다.

나 혼자만 퍼주는 것 같아서 속상한 사람들, 우리 오늘부터 같이 연습해보자. 앞으로 호의는 상대가 아닌 나를 먼저 생각하고 베푸는 걸로. 딱 내가 해주고 싶은 마음만큼만, 내가 기뻐할 수 있는 만큼만 손을 내밀고 친절해지기로 하자.

그도 아니면, 그동안 누군가에게 열을 줘왔다면 이제는 그에게 다섯을, 나머지 다섯은 나에게 주는 연습을 해보자. 그렇게 공평하게 상대방의 마음과 내 마음을 동시에 챙기고 돌보는 습관을 들여보자. 그것만 기억하면 어느 날 문득 관계를 둘러싸고 헛헛해지는 순간이 조금은 줄어들지도 모른다. 그러다보면 내 인생의 진정한 갑으로 살아갈 수 있을지도 모른다.

내가 지은 내 이름。

_____ 작년에 나는 내 이름을 지었다. 영어 이름을
다시 지은 것이다. 그 이름은 마리Marie. 정확히 말하자면 프랑
스어 이름이라 영어권에서는 '마리', 프랑스에서는 '마히'로 불
릴 예정이다. 별다른 뜻은 없다. 흔하고 부르기 쉽고 편안한 아
름다움이 느껴지는 이름이라서 골랐다.

친구들에게 이제부터 내 영어 이름은 마리라고 말했더니 "그럼
김마리네? 김말이래!" 하고 비웃었지만 하나도 웃기지 않았다.
어렸을 때부터 이름 가지고 놀림당하는 일에는 이골이 났기 때

문이다. 중학생 때까지 몇몇 애들은 나를 쉰 회, 쉰내, 횟집 등으로 불렀다. 아이구 나 원 참.

맨 처음 영어 이름을 갖게 된 건 대학교에 들어가서였다. 신입생 첫 학기 때는 원어민 교수와 함께하는 영어 회화 수업을 필수로 들어야 했는데, 그때 미국인 교수는 학생 이름을 하나하나 부르고 얼굴을 확인해가며 그에 어울리는 영어 이름을 붙여주었다. 십 초에 이름이 하나씩 튀어나오는 영어 이름 자판기 같았다.

나는 당시에 초록색 긴 머리를 하고 있다는 이유 하나만으로 디즈니 애니메이션 〈인어공주〉의 주인공 이름인 아리엘Ariel이 되었는데(사실 아리엘은 하체가 초록색이다. 머리는 빨간색이고), 그 이후 몇 년간 외국에 나갈 때마다 그 이름을 썼다. 인어라니, 공주라니…… 전혀 어울리지 않는 이름이지만 처음으로 갖게 된 영어 이름을 함부로 버리는 건 왠지 예의가 아니라는 생각이 들었고, 아리엘이 아니면 딱히 무엇이 있겠느냐며 다른 이름을 짓는 일에 시큰둥했다.

본격적으로(!) 성인이 되어서 외국 여행을 자주 가고 나서부터는 아리엘 말고 다른 영어 이름이 있었으면 했지만, 그저 성姓인 킴Kim으로 불러달라고 했다. 하지만 아무리 사람들이 그 이름으로 불러주어도 나는 꽃이 되지 않았는데 그 이유는 나조차도 들을 때마다 낯설게 느껴졌고, 우리 식으로 말하면 "어이, 김씨! 김양!" 하는 것 같아서 어쩐지 마뜩치가 않았다.

그럼에도 불구하고 십여 년을 킴으로 살아왔다. 고심해서 새 이름을 다시 붙이자니 이미 나를 킴으로 알고 있는 외국인 친구들이 몇 있었고, 나는 김씨가 맞는데 킴이 아니면 딱히 또 무엇이 있겠느냐는 생각이 들어서였다.

하지만 아리엘처럼 킴도 나하고는 어울리지 않았다. 킴이라는 이름이 들어간 유명인들은 대부분 섹시했는데(킴 베싱어, 킴 캐트럴) 나는 그렇지 않아서 좀 그랬다. 게다가 평소 김신회라는 진짜 이름을 두고 늘 발음하기 어려운 이름, 특이한 이름이라는 말을 들어왔기에 영어 이름만큼은 더 평범하고 부르기 쉬운 이름으로 갖고 싶었다.

그래서 작년에 예술의 전당에서 열린 마리 로랑생의 전시를 보고 나오는 길에 마음속으로 다짐했다. 그래, 나도 오늘부터 마리가 될 거야. 불꽃같은 예술혼으로 살다간 그의 넋을 기리며 나역시 열정적이고 예술적인 삶을 살아가겠다는 다짐을 하는 대신에 그의 단순한 이름이 가진 오라에 반하고 왔다. 흔한 이름, 쉬운 이름, 하지만 특별한 누군가가 불러준다면 더없이 특별해질 그 이름이 딱 내 이름 같았다. 그날부터 나는 마리가 되었다.

영어 이름 하나 만든 것뿐인데, 그것도 딱히 공식적인 절차가 있는 것도 아닌데 마리라는 이름을 가진 내가 조금 마음에 든다. 이제는 외국 여행에 가서도 스스럼없이 나를 마리로 소개하고 까다로운 확인 절차 없이도 그 이름으로 불린다. 그리고 어느새 쉬운 이름을 갖게 되었다는 것, 그 이름을 스스로 지었다는 것에 단단한 뿌듯함을 느낀다. 부모님이 주신 이름은 평생내 이름이 되겠지만 이제는 원하는 순간에 꺼내 쓸 수 있는 이름 하나를 더 갖게 된 것이다.

살아갈수록, 내 인생이지만 내 마음대로 바꿀 수 있는 건 얼마 없다는 사실을 깨닫는다. 할 수 있는 일은 줄어들고 하고 싶은 것도 사라져가는 시기에 스스로에게 영어 이름 하나 선물하는 일은 생각보다 폭신한 즐거움을 전해주었다. 이름은 누군가가 붙여줘야만 하는 거라고 믿었지만 그렇지 않다. 내 이름은 내가 직접 지을 수 있다. 그러고 나면 사람들은 그 이름으로 나를 불러준다. 그 사실만으로도 내 인생이 온전히 내 것인 것 같아 마음이 조금 넉넉해진다.

나에게 좋은 사람.

_____ 오랜만에 만난 후배 A는 요즘 연애를 둘러
싸고 고민이 많아 보였다. 요 몇 주 소개팅을 연달아 했지만 대
부분의 만남이 기대처럼 되지 않았다며 한숨을 쉬었다. 연애가
왜 이렇게 어렵냐고 토로하는 후배에게 한 친구는 이런 말을
했다고 한다. "너한테 맞는 사람을 아직 못 만나서 그래." 그 말
을 하며 후배는 그랬다. "그게 어디 있냐고요. 저한테 맞는 사람
이 누구냐고요."

그래서 물었다. "넌 어떤 남자가 좋아?" 그 말에 후배는 좋아하

는 이성 스타일에 대해 말하기 시작했다. 그런데 후배의 과거 연애를 조금은 알고 있는 나로서는 그런 사람이 후배와 맞는 사람 같지가 않았다. 후배는 안 그래 보여도 외로움을 많이 느끼고, 그래서인지 다정한 사람을 좋아한다. 독립적으로 보이지만 자신의 일상에 적극적으로 개입하는 사람을 반기는 스타일이기도 하다. 과묵한 사람보다는 활발한 사람, 내향적인 사람보다는 외향적인 사람이 더 맞아 보였다. 하지만 그 말을 하지는 않았다. 어차피 우리가 어떤 사람을 바라건, 그런 사람을 만나게 될 가능성은 희박하지 않은가.

예전에는 나에게도 이상형이 있었다. 하지만 이상형이라는 것은 그저 내가 바라는 누군가의 이상적인 모습일 뿐, 그가 나에게 맞는 사람이라고는 생각하지 않는다. 이상형이란 '어떤 사람이 좋은가?'라는 질문에 적절한 답안일 뿐이다. 그동안 이러이러한 사람이 좋다고 생각해왔지만 그런 사람은 만나본 적이 없고, 실제로 만났다고 해도 알아보지 못했다.

나 역시 연애를 둘러싸고 고민이 많았다. '나는 왜 이렇게 인기가 없을까'에서부터 '어떤 남자를 만나야 할까', '이 남자는 과연 나를 좋아할까'까지 세세하게 고민하고 곱씹느라 많은 시간과 감정을 허비했다. 그 시간이 좋은 연애를 위해 하등 도움이 되지 않는다는 것을 깨닫고 나서도 생각을 멈출 수가 없었다.

몇 년 전, 어떤 남자를 만나면서 우리 관계가 어떻게 흘러갈지에 대해 지난하게 고민하던 나에게 친구가 이런 말을 했다. "너는 누굴 만날 때, 그 사람이 너를 좋아하는지 아닌지를 늘 고민하는 것 같아. 근데 그렇게 고민하게 만드는 사람은 너 좋아하는 사람 아니야. 좋아하면 그렇게 헷갈리게 안 해." 그 말을 듣고 무슨 말을 이렇게 단호하게 하나 얼굴이 빨개졌지만 그 말은 요즘도 누군가를 만나는 데 있어 중요한 지침이 되고 있다. 맞다. 내 사람은 나를 헷갈리게 하지 않는다. 다만 내가 그 사실을 모른 척할 뿐이다.

누군가와 잘되고 싶다는 바람, 내가 좋아하는 이 사람도 나를 좋아해줬으면 좋겠다는 희망이 날 그렇게 만든다. 그 사람은 내게 '좋아한다'는 신호를 확실히 보여주지 않는데도 분명 그럴 거라고 믿고 싶어진다. 그래서 애매한 행동 앞에서도 단호해지지 못한다. '어쩌면', '혹시'라는 기대가 시야를 흐려지게 한다.

아니라는 사인을 못 본 척하게 만든다.

나에게 좋은 사람은 나를 헷갈리게 하지 않는다. 나를 여러 번 생각하게 하지 않으며 불안하게 만들지 않는다. 자꾸만 곱씹게 하지도 않는다. 나를 더 아끼게 만들고 그로 인한 용기로 상대를 더 사랑할 수 있게 만든다.

나에게 좋은 사람은 나의 선함을 알아본다. 나의 호의를 우습게 여기거나 이용하거나 부담스러워하지 않고 진심으로 소중히 여긴다.

그런 사람은 나의 마음을 있는 그대로 받고, 자신 역시 또 다른 선의로 돌려주고 싶어 한다. 다툼이나 오해가 있을 때에는, 서툴게나마 진지하게 해결하려고 애쓴다. 상대방의 탓으로 돌리거나 도망치지 않는다.

하지만 지금 당신 곁에 있는 사람이 그런 사람이 아니라고 해서 그 관계를 말리고 싶지는 않다. 고민하고 겪어보고, 일을 그르치면서 알아가는 게 분명 있기 때문이다. 연애는 생각의 흐

름, 마음의 움직임이 아니라 행동이고 결정이다. 누군가를 사랑
하겠다고 마음먹고 나서야 시작되는 사랑도 있다. 그리고 그게
진짜 사랑일 수도 있다. 그리고 그 사람이 진짜 나에게 좋은 사
람이 될 수도 있다.

지금 연애와 사랑을 위해 행동하는 모든 시간이 나에게 좋은
사람을 찾아가는 과정이라고 믿는다. 나 역시 같은 마음가짐으
로 늘 움직이는 사람이고 싶다. 죽기 전에 그런 사람 하나만 만
나도 그 인생은 성공한 인생이라고 생각한다.

#2
게으르게 산다는 건
멋진 일

휴일엔 맥모닝.

_____ 전업 작가에게는 딱히 평일과 휴일의 경계가 없다. 국경일이나 주말이어도 마감이 코앞이면 일하는 날이고 평일이어도 급한 일이 없으면 쉬는 날처럼 보낼 수 있다. 언뜻 보면 괜찮은 것 같지만 휴일과 근무일의 경계가 없으니 집에 있으면서도 노는 건지 일하는 건지 모르겠고, 연휴가 다가와도 해방감 같은 게 느껴지지 않는다.

그래서 책 한 권을 쓰고 나면 여행을 떠나곤 했는데, 가끔은 행선지를 고르고 짐을 싸고 이것저것 예약해 떠나는 여행 자체가 일처럼 느껴질 때가 있다. 여행이 귀찮아지다니. 예전에는 상상도 못 할 일이었지만 어느새 그런 사람이 되어간다.

그러다가도 아침에 눈을 떴을 때 오늘은 놀아야겠다 싶은 날이 있다. 그런 날은 자체 휴가다. 아무도 쉬라는 말 안 했어도 스스로에게 휴가를 주는 것이다. 그런 아침에는 세수도 건너뛴 채 제일 먼저 냉장고로 향한다. 그러고는 냉장실 가장 위 칸에서 기다리는 맥주 한 캔을 골라 냉장고 문 앞에서 벌컥벌컥 마신다. 자리를 잡아 앉거나 컵에 따라 마실 여유는 없다. 그냥 그 자리에 서서 마시는 거다.

시원한 맥주 줄기가 혀를 적시고, 시린 이를 간질이다 식도를 통해 배 속으로 흘러 들어간다. 비어 있던 배가 맥주 딱 300cc만큼 불러온다. 직접 경험해보지 않고는 알 수 없는 궁극의 해방감. 그것은 바로 아침에 눈 뜨자마자 물 대신, 밥 대신 먹는 맥주 한 캔이다. 그것이야말로 진정한 맥모닝이다!

가끔 친구들에게 나만의 맥모닝을 소개하면 대부분이 그러지 좀 말라는 눈으로 쳐다봐서 좀 그랬는데, 얼마 전에 책을 읽다

비슷한 사람을 발견했다. 간절히 기다려온 소울메이트를 만난 느낌이었다.

> 맥주는 맛있습니다. 아침 → 낮 → 밤 순으로 맛있습니다. 일어나자마자 마시는 한 잔은 뭐랄까, 거리낌 없이 각 내장을 방문하여 "보리로 만들었으니 아침밥이나 다름없잖아"라고 속삭입니다.
>
> 니시 가나코, 『이 얘기, 계속해도 될까요?』 (을유문화사, 2016)

맥주를 마시고 나서는 리모컨을 이리저리 돌리며 예능 프로그램을 보거나, 영화를 두세 편 몰아 보거나, 일어난 지 얼마 되지 않았어도 다시금 잠을 청하거나, 느릿느릿 아침 겸 점심을 먹는다. 그러다 불쑥 옷을 챙겨 입고 밖으로 나가 예정에 없던 쇼핑을 하기도 하고, 혼자 영화관에도 간다. 단, 가급적 사람들은 만나지 않고 생산적인 일을 도모하지도 않는다. 휴일인 만큼 최대한 마음 가는 대로, 게으른 하루를 보내는 것이다.

그러다가 소확행이랍시고 소품 매장에 들어가 필요하지도 않았던 것들을 하나씩 산다. 이틀만 지나도 왜 산 건지 후회할 물건들을 이것저것 가방에 담다보면 집에 올 때쯤, 후들후들했던 에코백은 포화 상태가 된다. 어깨는 무겁지만 마음은 가벼운 일종의 퇴근길이다.

초등학교 1학년 때쯤 도둑질에 몰두한 적이 있다. 먹고 싶은 간식은 많은데 돈은 없어서 엄마 아빠의 주머니를 뒤져 동전을 몇 번 슬쩍했다. 동네 슈퍼마켓에서도 껌이나 캐러멜 같은 걸 두어 번 훔쳤다. 그럼에도 직접적으로 뭐라 하지 않으시는 부모님과 별다른 말씀을 안 하시던 슈퍼 아주머니 때문에 완전범죄를 저지르고 있다고 굳게 믿었다. 하지만 엄마 아빠는 다 알고 계셨다. 슈퍼 아주머니께서도 엄마에게 따로 연락해 말씀을 드렸나보다.

하루는 엄마가 슈퍼마켓으로 데려가시더니 먹고 싶은 걸 하나만 골라보라고 하셨다. 평소와 다른 엄마 모습에 놀란 것도 잠시, 각종 군것질거리를 보고 또 보다가 실비아라는 레몬 맛 분말 과자를 골랐다. 난데없는 호사에 생일날보다 기분이 더 좋아서 발걸음이 날아갈 것 같았는데, 엄마는 내 손을 잡고 집으로 가는 대신 저 멀리 걸어가셨다. '다른 거 또 뭐 사 주려고?' 기대

반 호기심 반으로 따라가는데 엄마는 말없이 공원 벤치에 앉으셨다. 그러고는 옆에 나란히 앉은 나에게 말씀하셨다.

"신회야. 이게 그렇게 먹고 싶었어? 먹고 싶은 게 있으면 돈 내고 사 먹는 거야. 그런데 그동안 어떻게 했어? 너 슈퍼에서 돈 안 내고 뭐 가져온 적 있어, 없어?"

단란한 분위기에 갑자기 찬물을 끼얹는 엄마 때문에 어안이 벙벙한 가운데, 철저하게 숨겨왔다고 믿었던 악행이 이렇게 드러나나 싶어 가슴이 두근거렸다. 엄마는 또 말씀하셨다.

"네가 그동안 했던 것, 엄마한테 솔직하게 말하고 뉘우치면 이거 먹고 집에 가는 거야. 안 그러면 저기로 가는 거야. 엄마랑 같이 가는 거야." 엄마가 손끝으로 가리킨 곳에는 파출소가 있었다. 나는 등 뒤로 굳건하게 서 있는 파출소를 보자마자 겁에 질려서 엉엉 울면서 말했다. "잘못했어요, 엄마… 다시, 다시는 안… (우느라 목소리가 안 나옴) 안 그, 그럴…게요… 엉엉……."

여러 번 고백과 다짐을 받아낸 엄마는 내 손을 잡고 다시 슈퍼마켓으로 가서 주인아주머니에게 인사를 시켰다. 울면서 잘못을 비는 나에게 아주머니는 다음부터 그러지 말라고 웃으면서 말씀하셨고, 엄마는 간식을 하나 더 사 주셨다. 내 나이 여덟 살, 엄마 나이 서른두 살의 일이었다. 지금 나보다 열 살쯤 어린 엄마는 그날 나에게 용서받을 기회와 응석 부릴 기회를 동시에 주셨던 거다.

자체 휴가를 보낼 때면 가끔 그날 생각이 난다. 보상이 필요할 만큼 잘 살아온 것도 아니고, 여전히 못된 짓, 한심한 짓도 많이 하지만 어떻게든 그런 나를 용서하고 응석도 받아주며 살고 있다는 기분이 들어서다.

그런 의미에서 자체 휴가 날에는 그동안 갖고 싶었지만 참아온 것들, 왠지 낭비처럼 느껴져서 머뭇거렸던 일들, 게으름이나 한심함으로 여겨졌던 일들만을 한다. 눈 뜨자마자 맥주를 마시고, 안 사도 될 것들에 지갑을 열고, 하루 종일 시간을 허비하면서 '생산적'이라는 말과는 거리가 먼 하루를 보낸다. 그러는 동안 조금씩 나에게 관대해지는 법을 배운다.

그리고 안도한다. 이제는 누가 다독여주거나 허락해주지 않아도 스스로 그 모든 걸 할 수 있다는 생각에. 안 그런 것 같아도 어느새 그만큼 어른이 되었다는 사실에.

외모에 대해
말하지 않겠습니다.

"저 아나운서 머리 괜찮아?"

"안 괜찮지."

"저 남자 배 어떡해?"

"큰일났네."

_____ 친구들이랑 같이 텔레비전을 보는 게 재미
있는 이유는 이것저것 욕하면서 볼 수 있기 때문이다. 그날도
집에서 예능 프로그램을 보면서, 심지어 뉴스를 보면서도 거기
나오는 사람들의 외모를 평가하는 데 혈안이 되어 있었다. 그러

면서도 느껴지는 묘한 켕김. 난 뭐 그렇게 멀쩡하다고……

내 생각을 읽었는지 한 언니가 말했다. "외모에 대한 이야기는 하지 말자고." 그 말과 동시에 우리는 텔레비전을 보며 한동안 아무 말도 하지 못했다. 그야말로 적막강산이 수 분 동안 이어졌고 그렇게 보는 텔레비전은 재미가 하나도 없었다.

사람을 볼 때 가장 눈에 띄는 부분이 외모이기에 평소 우리는 자연스럽게(!) 그리고 자주 외모에 대해 이야기한다. 하지만 외모에 대한 이야기 대부분이 누군가에 대한 평가라는 사실은 자각하지 못한다. 아니, 자각하더라도 쉽게 그만두지 못한다. 왜냐하면 그것만큼 자극적이고 즉각적인 반응을 불러일으키는 소재는 드물기 때문이다.

나 역시 사람들을 만날 때마다 외모에 대한 칭찬을 많이 하곤 했다. "얼굴이 이렇게 예쁘신데!" "몸매가 이렇게 좋으시다니!" 라며 그 사람이 가진 외모에 대한 찬사로 환심을 사고자 했다. 그게 외모에 대한 평가라는 것을 인식하면서도 끊을 수 없었던 건 많은 사람들이 그 칭찬을 반겼기 때문이다.

누군가를 기쁘게 하고 있다는 점에서 말하는 사람으로서도 만족스러웠다. 그리고 나 역시 비슷한 칭찬을 들었을 때 입꼬리가 마구 올라갔다. 나는 '예쁘다'는 말이 세상에서 제일 좋은 칭찬이라고 믿고 살았다. 그 누구보다 외모에 집착하는 사람이었기 때문이다.

사춘기가 되었을 때부터 다이어트를 했다. 동네 친구들하고 노는 기분으로 다니던 초등학교와는 달리 중학생이 되고 나서는 스스로 주목받을 요소를 갖추어야 한다는 걸 절실히 깨닫게 됐다. 하지만 딱히 눈에 띄는 게 없었기에 몸매라도 날씬해야 한다고 생각했다. 그런 마음으로 삼십대까지 온갖 다이어트를 시도하며 몸매 관리에 힘썼다.

그때 내 마음에는 두 가지 다른 생각이 싸움을 벌이고 있었다. 몸매로 평가받고 싶지 않다, 하지만 몸매로 평가받고 싶다. 몸매가 망가지면 사람들은 나를 우습게 볼 거야. 그래도 몸매가 멋지면 사람들은 나에게 예쁘다고 해주겠지. 그 두 생각이 번번이 상충하며 멋진 외모를 갖는 일이 삶의 첫 번째 목표가 되었다.

하지만 그렇게 외모를 가꿔봐도 그다지 예뻐지지 않았다. 행복해지지도 않았다. 사람들에게 좋은 평가를 받을 때는 잠시 우쭐했지만, 칭찬이 돌아오지 않는 날은 묘한 자괴감이 들었다. 거울을 보면 내가 가진 흠만 보였다. 허벅지가 조금만 더 얇았더라면, 얼굴이 조금만 더 작았더라면…… 이라는 생각으로 스스로를 풀 죽였다.

그리고 동시에 타인을 외모로 평가하게 됐다. 외모는 사람의 내면을 비추는 거울이기에 그 거울부터 반짝반짝 닦는 사람이야말로 멋진 사람이라고 생각했다. 스스럼없이 외모에 대한 이야기를 입에 올리며, 얼평과 몸평을 일삼았다.

그러던 중, 우연히 서점에 가서 눈에 띄는 제목의 책을 만나게 되었다. 세상이 규정하는 외모에 대한 시선을 버리고 스스로를 사랑하며 살겠다는 의지가 담겨 있는 책이었다. 책장을 넘기는 내내 누가 내 일기를 훔쳐서 책에 옮겨놓은 것 같았다.

우리는 우리의 외모에 결함이 있다고 배울뿐더러, 우리가 가진 가치 대부분이 외모에서 기인한다고 배운다. (중략)

사람들은 우리에게 결코 갖지 못할 완벽한 신체를 들이밀
며 그 불가능한 몸을 닮으라고 요구한다. 그로 인해 우리의
몸, 그리고 몸과 맺는 관계는 인생의 다른 모든 면에 막중
한 영향을 미친다.

제스 베이커, 『나는 뚱뚱하게 살기로 했다』 (웰일북, 2017)

책을 사서 집으로 돌아와 정신없이 읽는 동안 내가 내 몸에 저
질러온 폭력들이 하나둘 떠올랐다. 그리고 얼굴과 몸매로 누군
가를 평가하는 일이 나에게 정중하지 않음과 동시에 타인 역시
차별하는 행동이라는 것을 알게 되었다. '내 몸에 내가 집착하
는 것이 뭐가 문제인가?'라고 생각하지만 내 몸에 집착하는 사
람은 결코 다른 사람의 몸에 대해서도 관대하지 못하다. 외모로
세상을 보고, 외모로 사람을 판단하게 된다.

이 책을 읽고 나서 당장 헬스장을 끊었다. 나를 닦달하고 더 나
아지라고 종용하는 헬스장 거울 앞에서 억지로 땀을 흘리기보
다 기분이 내킬 때 동네 공원을 걷고, 그것도 안 내키면 방구석
에 누워 있기로 했다. 처음에는 마음이 편치 않았지만 몇 달을
그렇게 하고 나니 그게 얼마나 순리에 맞는 일상인지를 깨달았

다. 몸매를 위해 음식을 가려 먹고 소식하던 습관도 조금씩 버려나갔다.

그리고 외모에 대한 평가를 불러일으키는 패션 잡지와 TV 프로그램을 멀리하기 시작했다. 책장을 넘길 때마다 내가 가지지 못한 것을 떠올리게 하는 각종 패션지들, '저 사람들은 어떻게 저런 몸매와 피부를 가졌을까'라며 외모에 대해 끊임없이 재단하고 되돌아보게 만드는 가요쇼 및 뷰티 프로그램을 피했다. 일부러 시간과 노력을 들여 외모에 대해 생각하는 시간을 만들 필요가 없다는 생각이 들어서였다.

가장 중요한 한 가지는 외모에 대한 언급 자체를 하지 않는 일이었다. 사실 이게 가장 힘들었다. 나도 모르게 삼십여 년간 외모를 주제로 한 이야기를 매일같이 쏟아내고 있었기 때문이다. 얼굴이 마음에 들지 않아, 넌 피부가 좋아서 참 좋겠다, 요새 부쩍 살이 찐 것 같아…… 등 외모에 대한 이야기나 생각을 하는 시간이 터무니없이 잦다는 사실에 또 한 번 놀라고 말았다. 심리학자 러네이 엥겔른 역시 외모에 대해 이야기하지 않는 것이야말로 외모 강박을 줄일 수 있는 가장 좋은 시도라고 제안한다.

우리의 말은 우리 스스로를 통제할 수 있다. 외모 강박적인 문화에 맞서는 가장 쉬운 방법의 하나는 외모에 대한 대화를 바꾸는 것이다. 이는 외모에 대해 생각하고 느끼는 방식을 개선하기 위한 첫걸음이다. 가장 좋은 것은 주제를 완전히 바꿔버리는 것이다. 대화의 주제는 매우 많다. 굳이 우리가 어떻게 생겼는지에 대해 이야기할 필요는 없다.

러네이 엥겔른, 『거울 앞에서 너무 많은 시간을 보냈다』 (웅진지식하우스, 2017)

이 제안대로 친구들과의 만남에서 외모 이야기가 길게 이어지면 침묵을 지키거나 다른 이야기로 돌렸다. 사람들에게 외모에 대한 칭찬을 들으면 "감사합니다"라고 짧게만 대답하거나, 이야기가 길어지면 "외모에 대한 이야기를 별로 좋아하지 않아요"라고 말했다. 그리고 나 역시 누군가의 외모에 대해 언급하지 않으려 했다. 그게 선의에서 우러나오는 칭찬이건 그렇지 않건 외모 자체를 거론하지 않기로 했다.

그날 이후 내 몸은 조금 달라졌고, 생활은 더 게을러졌다. 가끔 외모에 대한 이야기에 시큰둥해하는 내 모습에 어색한 분위기가 흐르기도 한다. 하지만 그러는 동안 외모에 대한 불만족, 바지런하지 않은 생활에 대한 죄책감으로부터 점점 자유로워지는 중이다. 아름다움에 연연하지 않고 사는 게 더 자연스러운 삶이라는 것도 알아가고 있다.

하지만 외모에 대한 이야기와 생각을 이어가는 사람들을 비난할 마음은 없다. 나도 이제껏 실컷 그래왔기 때문이다. '안 그래도 돼요. 이미 충분히 아름다워요!'라는 가식적인 말을 건넬 마음도 없다. 다만 이렇게 말하고 싶다. 예쁘고 안 예쁘고보다 더 중요한 게 있다고. 그리고 앞에 두 책을 한번쯤 읽어봐주었으면 좋겠다고. 그럼으로써 이 험난한 얼평 및 몸평 지옥에서 서서히 탈출해보자고.

월간 김신회。

━━━━━━━━━━ 한 달에 한 번 갖는 모임이 있다. 청주에 사
는 후배 지원이와 서울에 사는 후배 원미 그리고 나. 이렇게
세 사람은 한 달에 한 번씩 서울에서 만난다. 모임의 이름은
'월간 김신회'. 한 달에 한 번 김신회라는 이름을 가진 선배를
만나기 위해 두 명의 후배가 모인다는 취지로 붙여진 이름이
지만 장소와 날짜와 음식 메뉴 등은 다 지들이 알아서 정한다.
이름만 월간 김신회다.

후배들하고는 몇 년 전, 함께 방송 일을 하면서 친해졌다. 온갖

사연들에 둘러싸여서 함께 고생하며 지낸 사이라서 그런지 식구 같은 느낌이 든다. 처음엔 선배와 후배로 만났지만 지금은 친구가 된 아이들. 후배들도 그렇게 생각할지는 모르겠지만 나로서는 그렇다.

우리는 평소에는 자주 연락하지 않는다. 그저 한 달에 한 번 만나서 영화를 보거나 술을 마시고, 카페에 오랜 시간 앉아 수다를 떤다. 집에 모여서 중국 음식을 시켜 먹기도 하고, 가끔 내가 밥을 차려줄 때도 있다. 이제는 셋 다 다른 일을 하고 있고, 성격도 제각기 다르지만 한 달에 한 번 같은 이름으로 뭉쳤다 돌아가는 길에는 비슷한 생각을 한다. '아, 빨리 다음 달이 왔으면 좋겠네.' 후배들도 그렇게 생각할지는 모르겠지만 나는 그렇다.

시간이 지나면서 우정도 변하고 관계도 변한다. 변한다는 말 안에 어쩌면 긍정적인 요소가 숨어 있을 거라 기대해보지만 대부분이 그렇지 않다는 것에 씁쓸해지곤 한다. 멀어지는 친구, 떠나는 사람들, 어느새 끊긴 관계들…… 그 안에서 덤덤해지려 애써보지만 쉽지가 않다. 그러면서도 붙잡고, 되돌리려 노력하는 것도 아닌 것 같아서 허무함만 느낀다. '결국 인생 혼자 가는 거야'라는 말. 쓸쓸할 때마다 주문처럼 읊게 되는 말이지만 진짜 그렇게 되지는 않았으면 좋겠다는 생각, 나만 하면서 사는 건 아닐 거다.

그래서 요즘은 먼저 연락해주고, 잘 지내냐고 물어봐주고, 만나자고 해주는 사람들이 고맙다. 그냥 한번 던져본 말이라고 해도 덥석 물게 된다. 챙겨주고 배려해주는 마음이 느껴져서 어느새 주변 공기가 따뜻해진다. 시간이 맞지 않아서 당장 약속을 잡을 수 없더라도, 약속을 잡고도 사정상 미루게 될지라도 그런 사람들과는 어느새 다시 시간을 내 얼굴을 마주 보게 된다.

그러고 나면 나도 누군가를 위해 먼저 손을 내밀어야겠다는 생각이 든다. 먼저 잘 지내냐고 묻고, 밥 먹자고 말하고, 문자 한 통이라도 보내보자는 다짐. 하지만 그러면서도 좀처럼 실천하기가 쉽지 않다. 그러면서 사이가 멀어졌다며 안타까워만 하고 있으니 나도 참 멀었다.

앞으로 이 모임이 얼마나 지속될지 모르겠지만 지원이는 말했다. "언니, 저 남자 친구가 생기더라도 한 달에 한 번 언니는 만나러 올 거예요." 원미는 말했다. "언니 만나고 힘을 얻고 갑니다. 또 뵈어요." 이렇게 쓰고 나니 누가 봐도 아부 같고 그 아부에 설레고 있는 내가 팔불출 같지만 어쩔 수가 없네. 하지만 너네 분명 그렇게 말했다? 그렇게 약속한 거다? 라는 증거를 남기기 위해서 이렇게 쓴다.

한 달에 한 번 있는 그 모임을 통해 안정감을 주고받는 것에 대해 생각한다. 서로를 위해 시간을 들이고 마음을 나누는 일의 소중함에 대해 깨닫는다. 각자 마련해 온 선물을 끌러 보면서 "이런 데 돈 쓰지 마!"라고 투덜거리고 "이런 거 안 주셔도 되는데……"라고 중얼거리면서도 서로를 돌보는 서로의 진심에 대해 생각한다. 그러는 동안 다시금 느낀다. 한 달에 한 번 있는 이 시간이 우리에게는 가장 마음 놓이는 위로라는 것을.

비록 내가 그들에게 좋은 선배는 아니었을지라도 이제는 좋은 친구가 되고 싶다. 같이 늙어가면서 또 다른 모양과 방식의 관계를 만들어가고 싶다. 그들과 함께 있으면 '결국 인생 혼자 가는 거야'라는 말보다 이 말이 떠오른다. "모이면 재미있어." 엄마가 오랜 친구들을 만나고 오실 때마다 하는 말씀이다.

책임지지 않아도 되는 것들의
귀여움.

                SNS를 하다보면 문득 피식 웃게 된다. 이 하트가, 이 '좋아요' 하나가 뭐길래 누르고 말고를 망설이나 싶어서다. 내가 누르는 '좋아요'는 곧 그 사람에 대한 애정이다. 콘텐츠 자체가 마음에 들어서 '좋아요'를 누르는 경우도 있지만 그 사람이 좋으면 그가 어떤 걸 올리든 대부분 '좋아요'를 누르게 된다. 반대로 평소 별로라고 생각하는 사람이 아무리 좋은 걸 올려도 하트를 누르고 싶지 않은 마음, 나만 그런 건 아니겠지요…….

그러나 나도 모르게 '좋아요'를 누르게 되는 게시물들이 있다. 아기들과 작은 동물들의 영상이 그렇다. 꼼지락꼼지락 발을 움직이고 팔다리를 마구 퍼덕거리고, 밤톨만 한 주먹을 작은 입에 굳이 집어넣느라 진득한 침을 흘리는 아기들. 기저귀를 찬 엉덩이를 이리저리 움직이며 급한 용무가 있는 것처럼 뛰어가는 아기들의 뒷모습을 보면 내 애도 아닌데 엄마 미소를 짓게 된다. 그리고 폭신한 쿠션에 엉겨 붙어 꼬무락거리는 고양이들, 새하얀 이빨을 내보이면서 정신없이 자는 고양이 사진, 서로 싸우느라 넘어지고 덤벼들고 또 넘어지는 솜뭉치 강아지들을 보고 있으면 어느새 온갖 시름이 걷힌다.

그런 내 모습을 본 지인들은 "네 애를 낳아라", "너도 반려동물 키우고 싶구나?"라고 말하지만 아니다. 내 아이가 아니어서, 내 반려동물이 아니어서 귀여운 것이다. 그만큼의 책임감이 나에게는 없다. 내 한 몸도 제대로 건사하지 못하는 사람이 아이를, 동물을 키울 자격이 있나.

몇 년 전, 유기견에 관련된 프로그램을 만든 적이 있다. 가수들이 유기견 보호소에서 데려온 강아지를 직접 키우며 시청자들에게 유기견 입양을 독려하는 프로그램이었다. 나는 그때까지만 해도 동물을 무서워해서 개를 만지지도, 가까이 가지도 못했지만 프로그램을 만들어야 하는 사정 앞에서 무서움 따위는 문제도 아니었다.

온갖 두려움을 안고 유기견 보호센터에 가던 날. 좁고 어두운 철창 안에서 나 좀 봐달라며 컹컹대는 수많은 개들의 모습에 '나 곧 여기서 기절하겠다'는 생각이 들었다. 그 환경 자체가 공포로 다가왔다. 하지만 강아지들을 하나둘 살펴보고, 보호사의 이야기를 듣다보니 아이들의 눈동자가 보이기 시작했다. 다리가 불편해 절뚝거리며 걷는 대형견들이 보였고, 움직일 힘도 없이 구석에서 웅크리고 있는 새끼 강아지들이 보였다.

분명 어딘가에서 사랑받고 살았을 아이들이 낯선 환경에서 하루하루를 버티고 있는 모습을 보니 마음이 너덜너덜해졌다. 사람은 말이라도 할 수 있지 애들은 말도 못 하고 짖기만 하는구나. 아니 그조차 힘이 없어 못 하는구나. 그날 이후 동물에 대한 두려움은 조금씩 줄어들었고, 동물을 마음으로 아끼는 사람이 되었다.

그러는 동안 '나는 동물을 키우면 안 된다'라는 생각이 점점 커졌다. 동물을 귀여워하는 것과 끝까지 책임지는 일은 다르다는 것을 깨달아서다. 예쁘다는 이유로 반려동물을 들이는 것은 딱 그만큼의 호기심일 뿐이라는 생각에 이제는 그저 영상을 통해서만 귀여워하고 있다.

아기들의 경우도 마찬가지다. 아기들은 한없이 귀엽고 사랑스럽지만 그 여유로운 마음은 그 아기들을 책임지지 않아도 된다는 태평함에서 온다는 것을 안다. 틈만 나면 뉴스를 통해 보도되는 폭력에 노출된 아이들, 장애를 가지고 태어나 부모에게 버림까지 받은 아이들의 사연을 접할 때마다 마음속으로 눈물이 줄줄 흘러 끝까지 보지도 못한다. 꼭 그런 이야기가 아니더라도 한 생명을 탄생시키고, 클 때까지 양육한다는 것이 얼마나 큰 노력과 인내심을 필요로 하는 일인지 감히 상상도 못 하겠다. 그래서 그저 사진과 영상을 통해서만 아이들을 예뻐한다.

그러면서도 문득 부끄러워진다. 아기와 동물들을 '애완'의 영역으로만 대하는 내 모습이 멋쩍어서다. 단지 책임지기 두렵다는 이유로, 귀여운 만화 캐릭터나 반짝이는 액세서리를 보듯 동물과 아이들의 모습을 구경하고 있는 건 아닌지. 하지만 그러는 동안 또 한 번 '그러므로 나는 아이와 동물을 키워서는 안 된다'는 생각이 확고해진다. 대신 올해부터는 화분을 키우기 시작했는데, 화분을 키우는 일에도 책임감은 필수였다.

얼마 전, 당분간 집을 비울 일이 있어서 친언니에게 부탁을 했다. 화분에 물 주는 방식을 영상으로 찍어, 이런 식으로 일주일에 두 번 정도 와서 물만 주고 가면 된다고 했더니 언니가 말했다. "법정 스님인 줄. 근데 넌 유소유야. 절대 무소유가 될 수 없지." 그 말에 깔깔 웃으면서도 슬쩍 숙연해졌다.

맞는 말이다. 화분 하나 책임질 여유가 없는 사람이라면 화분을 집에 들여서는 안 된다. 그 일이 있고 나서는 장기간 집을 비우는 일이 생기기도 전에 덜컥 염려가 된다. 집을 비우는 일이 생길 때마다 대신 물 줄 사람을 함께 구해야 하니까. 식물이 이런데 숨 쉬는 생명들은 오죽할까. 집 안에서 봄기운을 느껴보겠다며 하나둘 들여놓은 화분 네 개가 내 한 몸 챙기기도 버겁다며 투덜대던 나에게 책임감에 대해 깨닫게 만들었다.

스스로의 책임에 대해 의연해지는 사람이 어른이라면, 나는 아직 어른이 되지 못했다. 하지만 이는 책임의 무게를 느끼고 있기에 가볍게 결정하고 행동하지 않겠다는 뜻도 된다. 그런 의미에서는 나도 어른이다. 그래서 오늘도 남의 반려동물, 남의 아기들 사진과 영상을 여러 번 돌려 보면서 '좋아요'를 꾸욱 누른다. 감당할 만큼의 화분을 키우며 식물들의 변화에 감탄한다. 그것만이 나에게 허락된 몫이라는 생각에. 그 이상을 기대해서는 안 된다는 생각에.

루틴을 만들자。

_____ 며칠 전, 스포츠 채널에서 중계하는 테니스 시합을 보다가 신기한 현상을 목격했다. 대부분의 선수들이 서 브를 넣기 전에 정해진 동작을 순서대로 실행하는 모습이었는 데, 때로는 의식 같기도 하고 어떨 때는 코미디 같기도 한 그 동 작이 낯설어서 옆에 있는 친구에게 물어봤다.

"루틴이야."
"왜 하는 거야?"
"자기가 정해놓은 거야. 서브를 넣기 전에 저 동작을 하는 걸로.

하도 오랜 시간 반복해와서 자기가 하면서도 하는 줄 모를걸?"

그도 그럴 것이 라파엘 나달 선수는 서브를 넣기 전에 먼저 여분 공을 주머니에 넣고, 그다음 마치 엉덩이에 낀 속옷을 빼듯 엉덩이를 만지고, 이어서 양어깨에 붙은 티셔츠를 떼어내는 듯한 동작을 한 다음에 귀를 만지고 또 코를 만졌다. 어쩐지 민망하게 느껴지는 일련의 동작을 서브를 넣을 때마다 빼놓지 않고 했다. 매우 신속하게, 마치 그렇게 하지 않으면 게임이 시작되지 않는다는 듯이.

그 경기를 보면서 운동선수들의 루틴에 대해 관심이 생겼고, 테니스 선수뿐만 아니라 많은 선수들이 자신만의 루틴을 갖고 있다는 것을 알게 됐다. 추신수 선수는 경기가 있는 날이면 눈을 떠 경기에 임하기 직전까지 모든 행동을 정해진 순서대로 한다고 한다. 음식도 정해진 메뉴를 정해진 순서대로 먹고, 새로운 상황이 끼어드는 것을 조금도 허용하지 않는다고 했다. 축구 선수 출신 김남일 코치는 경기가 있는 날, 모든 동작을 왼쪽부터 시작한다고 한다. 또 어떤 선수는 똑같은 색깔에 똑같은 모양의 속옷만을 챙겨 입는다고 했고, 경기가 시작되기 전까지 누구하고도 말을 섞지 않는다는 선수도 있었다. 선수들이 가진 루틴의 세계는 알면 알수록 신기했다.

누군가는 미신이나 징크스라고도 하겠지만 자기만의 루틴을 만들어 지키는 선수들이 남다르게 느껴졌다. 그러다보니 자연스레 아빠의 모습이 떠올랐다. 평범한 할아버지인 아빠에게도 매일 정해진 루틴이 있었다. 더 이상 일을 하지 않으시는데도 매일 새벽에 일어나 가장 먼저 온 집 안 블라인드를 걷고 신문을 읽고, 아침 식사를 하고, 그러고 나서는 창문을 활짝 열어 환기를 시키며 집 청소를 하신다. 그런 다음 몸을 씻고, 약수를 뜨러 나가신다. 그 루틴은 비가 오건 바람이 불건 변함이 없다.

처음에는 매일 짠 듯이 똑같은 생활을 반복하는 아빠 모습이 신기하기도 하고 답답하게도 느껴져서 가끔 이야기를 하면 친언니는 그랬다. "나이 들수록 정해진 대로 생활하는 게 안정감을 준대. 그리고 똑같은 걸 매일 하는 어르신들이 장수한다고 하더라."

그렇다면 아빠가 칠십 평생 큰 병치레 한 번 없이 살아오신 것도 매일 아침 반복되는 루틴 덕분이었던 건가. 그 생각을 하다 보니 꽉 막힌 자들의 습관이라고만 느꼈던 루틴이 흥미롭게 다가왔다. 언니는 덧붙였다. "너 같은 사람한테도 루틴이 필요해. 부정적이고 시니컬하고, 생활이 무질서한 사람. 그리고 너 요새 우울하다며. 너도 하루에 하나씩 루틴을 만들어서 지켜봐. 하루하루 생기가 돌걸?" 난데없는 팩트 폭행에 당황한 것도 잠시, 머릿속에 톡 하고 작은 전구가 켜졌다.

언니 말대로 내 일상은 요새 엉망이었다. 새벽에나 겨우 잠들고, 점심때가 되어서야 눈을 뜨지만 그렇게 자고 나서도 개운하다는 기분이 들지 않았다. 잡생각은 늘어서 낮 동안 눈을 뜨고 있으면서도 머리가 멍했고 몸도 무거웠다. 일을 하지는 않으면서 일에 대한 걱정은 매일 이어졌고, 놀면서도 딱히 즐겁지가 않았다. 하루하루 시간만 때우고 있다는 느낌. 발전적인 행위라고는 하나도 안 하고 그냥 숨만 쉬고 있는 느낌…… 요즘의 나를 곱씹어보니 루틴 하나쯤 없으면 안 될 것 같다는 생각마저 들었다. 그럼 나도 하나 만들어볼까?

아침에 일어나자마자 운동을 해보자. 하지만 너무 빡빡하게 사는 것 같아서 내키지 않네. 그럼 산책을 해볼까? 미세먼지 때문에 엄두가 안 나. 스트레칭이라도 하는 건 어떨까? 어떻게 하는지 모르는데…… 온갖 변명의 시간을 거쳐 결국 정한 나만의 루틴은 아침에 일어나자마자 이 닦기. 너무 당연한 걸 루틴이라고 우기는 경향이 있지만 그 습관을 들이고 나서부터는 나만의 방식으로 아침을 시작하는 느낌이 들어 입속과 함께 온 아침이 상쾌하다. 그러고 나서는 소파에 앉아서 큐티를 한다. 일요일에만 겨우 교회에 가는 나일론 크리스천이지만 하루에 한 번 성경 말씀을 읽으면서 조금이나마 덜 짐승답게 살려는 시도를 하고 있다. 그 일을 반복한 지 벌써 십 개월이 되어간다.

짜여진 것, 똑같은 것은 지루하고 고리타분한 거라고만 생각했는데, 어느새 매일 반복하는 일과에 정감을 느끼게 되다니 나조차도 낯설다. 하지만 눈 뜨자마자 이 닦고 성경을 읽는 일은 어느새 내 하루를 여는 의식이 되었다. 내가 만든 작은 루틴을 통해 나만의 매일을 완성해나가는 기분도 든다.

몸이 악을 쓰고 있다.

_____ 아침에 일어나자마자 화장실에 갔더니 아랫배가 바늘로 찌르듯 아팠다. 어영부영 볼일을 마치고 소파에 누워 뒹굴거리고 있는데 갑자기 또다시 화장실에 가고 싶어졌다. 그렇게 오 분에 한 번 가고 싶었던 것이 삼 분에 한 번이 되더니 결국엔 일 분에 한 번꼴로 가고 싶어졌다. 결국에는 화장실 가는 일 자체가 두려워져서 서둘러 병원에 가보았더니 의사 선생님이 말씀하셨다. "방광염이 심하게 걸렸네요."

요즘 특별히 스트레스 받은 일이 있었느냐는 질문에 "스트레스야 늘 받죠"라고 대답하면서도 요 한 달 새 일어난 일들을 곱씹어보게 되었다. 혼자 이사를 했고, 온갖 가구를 고르고 주문을 하고 조립을 하고, 새집에 필요한 것들을 설치하고, 각종 관공서 업무에 번역서 마감을 했고, 그러느라 잠을 못 자고 끼니를 거르고…… 기분 좋은 스트레스 사이사이에 기분 안 좋은 스트레스가 속속 끼어 있었기에 그 정도면 다행인 건가 싶다.

예전에는 힘든 일이 있으면 입맛이 없거나 잠을 못 자는 게 다였는데 언제인가부터는 몸에 탈이 나기 시작했다. 없던 위염이 생기거나, 장이 트러블을 일으키거나, 피부가 뒤집어지거나 갑자기 가려움증이 생기도 하고…… 마치 몸이 이곳저곳에서 소규모 시위를 벌이는 것 같다. 허가해준 적도 없는데 불쑥불쑥 열리는 시위. 그동안은 마음만 말을 안 듣더니 이제는 몸까지 말을 안 듣는구나.

내 몸만큼은 내 편일 줄 알았다. 체력이 허락지 않아 하고 싶은 걸 못 한다는 말은 한참 어르신들에게만 해당되는 줄 알았다. 하지만 요새는 아무리 몸에 좋은 걸 먹고 운동을 해도 떨어지는 체력을 붙잡아둘 수가 없다. 마음이 힘들 때마다 마음만 힘든

게 아니라 몸도 같이 힘들어지는 현실이 어느새 내 것이 됐다.

하지만 이러한 깨달음 역시 좀 늦은 편이었던 건지, 자꾸만 몸
이 말을 안 듣는다는 말에 주변 사람들은 새롭게 만든 습관을
알려주었다. 둘째 출산 후 몸이 급속도로 약해진 친언니는 매
일 짧게라도 낮잠을 자는 습관을 만들었다고 했다. 몇 년 전 갑
작스레 수술을 받은 친구는 주말만큼은 집에서 쉬면서 보내야
주중을 버틸 수 있더라며 게으르게 보내는 주말의 중요성에 대
해 설파했다. 반대로 어떤 후배는 주말에는 무조건 나가는 게
쉬는 거더라며 정신없이 논 다음 피로에 지쳐 숙면을 취하는
이틀을 보낸다고 했다. 각자 스타일은 달라도 스스로를 돌보는
방법만큼은 갖고 있는 것 같아 고개가 끄덕여졌다. 그렇다면 나
는 어떤 방법을 취해보면 좋으려나.

나는 평소에 차 마시는 걸 좋아한다. 주변 사람들도 그런 취미
를 알고 있어서 그동안 차 선물도 많이 받았다. 하지만 요즘 언
제 차를 마셨는지를 떠올려보니 생각이 나지 않았다. 정신이 없
다는 이유로 차 한잔 마실 여유가 없었다. 차 마시는 시간이 얼
마나 길다고 그 시간 하나 못 내나 싶어도 마음이 늘 분주하니

차분히 앉아 차 한잔 마셔야겠다는 생각 자체가 들지 않았다.

얼마 전 스웨덴인들에 대한 책을 읽다가 그들이 갖는 티타임에
대해 알게 되었다. 스웨덴 사람들은 하루 두세 번의 '피카fika'
를 꼭 갖는다고 한다. 커피와 함께 계피 빵을 즐기는 티타임을
통해 몸과 마음을 리셋하고 정기적으로 휴식을 경험한다는 얘
기였다. 바쁜 업무 중에 단 오 분이라도 차를 마시며 생각을 정
리하고, 사람들과 짧게 교제하거나, 남은 업무를 위해 에너지를
보충하는 그들의 일상을 상상하다보니 내 몸과 마음을 챙기는
일이 그리 대단하고 특별한 일은 아니라는 생각이 들었다.

그래서 그동안 잊고 있던 차 마시는 습관을 억지로라도 소환
했다. 밥 먹고 나서, 졸음이 쏟아지는 오후에, 저녁을 먹고 나
서 잠깐…… 그렇게라도 그동안 챙기지 못한 빈틈을 만들어보
기 시작했다. 그렇게 잠깐 만들어낸 틈이 삼십 분이 되고, 한 시
간이 되고, 반나절이 훌쩍 넘어가기도 해서 뜨끔할 때가 많기는
하지만, 그 시간 동안이나마 머릿속 스위치를 꺼보려 한다.

요즘은 보다 더 적극적으로 쉬는 시간을 만든다. 약속이 있어도

몸이 피곤해 즐기지 못할 것 같은 날은 양해를 구하고 약속을 미룬다. 대신, 다른 날로 잡아 밥을 사거나 영화를 보여주는 등 만회할 기회를 만든다. 예전에는 갑갑한 일이 있으면 친구들과 술 한잔, 밤에 집에서 혼술을 하며 털어버렸다면 이제는 피곤할수록 술을 멀리한다. 그럴 때일수록 커피 대신 허브티를 마시거나 폭식도 피하며 최대한 숙면을 취할 수 있는 분위기를 조성한다. 잠자는 시간을 통해 막간의 회복을 도모하자는, 적어도 잠이라도 푹 자두자는 생각에서다.

어느새 마음만 불편했던 때가 그리워진다. 마음이 힘들 때는 물론 그렇지 않을 때도 툭하면 몸부터 고장 나 있기 때문이다. 그런 나를 위해 갖추어야 할 자세는 더 열심히 살아야 한다고 다그치거나, 약한 척하지 말라고 이를 악무는 것보다 내 몸이 벌이는 시위에 관심을 기울이는 일일 테다. 더 할 수 있을 것 같을 때조차도 짬을 내서 쉬고, 일부러라도 머리와 마음에 틈을 만드는 일을 조금씩 깨우쳐가고 있다.

부모님의 기대는
꺾으라고 있는 것.

_____ 내 친구는 예술가다. 서른 중반의 나이에도
각종 직업을 전전하며 생계를 위해 돈을 벌어 그림을 그리고
글을 쓴다. 아직 예술 활동만으로 삶을 꾸려나가지는 못하지만
예술가라는 직업을 포기할 마음은 없다. 그 이유로 늘 아르바이
트와 비정규직을 오가며 그야말로 '버티고 있는 중'이다.

하지만 그의 어머니는 여전히 그에게 안정적인 직업을 가지라
고 말씀하신다. 애초에 의대나 법대에 진학해서 앞날 걱정 없
는 직업을 갖지 그랬느냐는 말씀을 아직까지 하신다고 한다.

정작 그는 그 두 분야에 관심을 가진 적이 한 번도 없었음에도 말이다.

"니도 공무원 시험 한번 보지?"

몇 년 전 같이 점심을 먹다가 아빠가 문득 하신 말씀이었다. 십여 년 째 방송 작가를 하고 있었고, 에세이 작가로서의 경력도 십 년이 다 된 서른아홉 먹은 딸에게 아빠는 공무원 시험 보라는 말씀을 하셨다. 그도 그럴 것이 당시에는 방송 일도 거의 들어오지 않았고, 책은 더더욱 팔리지 않았고, 가뭄에 콩 나듯 외부에서 들어오는 일을 하면서 겨우 입에 풀칠만 하며 살고 있었다.

딸의 인생을 위해 삼십대 초반까지는 결혼을 권하던 아빠가 이제는 공무원 시험을 권하시다니. 늘 불안해 보이는 앞날에 대한 보험으로 이제 그거 말고는 없겠다고 생각하신 걸까. 그래도 공무원 시험이라뇨. 전 이미 직업이 따로 있는데요…… 하지만 그 말씀을 꺼내신 아빠 마음은 알 것 같아서 그저 입을 다물 수밖에 없었다.

하지만 아빠의 권유를 한 귀로 흘린 채 다음 날도 도서관에 가서 책을 읽고, 쓰고 싶은 글에 대해 생각했다. 엎친 데 덮친 격으로 이듬해에는 적게나마 벌이를 주던 일도 그만두고, 가지고 있던 돈을 털어 글쓰기에 도움이 될 만한 것들을 배우러 다녔다. 부모님의 얼굴은 점점 어두워졌고, 나는 매일 밥값을 걱정하는 처지가 되었지만 여전히 내 책들은 팔리지 않았다.

하지만 부모님의 권유대로 살아오지 않았다는 것에 대해서 후회하지 않는다. 가장 어려웠던 시절에 아빠의 제안에 마음이 흔들리지 않았다는 사실에도 후회가 없다. 그러면서도 당시에는 마음속으로 각오를 했다. 다음 책까지 안 팔리면 글 그만 써야지. 그 마음가짐으로 쓴 책은 내가 쓴 책 중 처음으로 팔리는 책이 되었다.

나로서는 이게 무슨 일인가 싶어 어안이 벙벙했지만 아빠는 자연스럽게 매일 아침 도서 순위를 검색하셨다. 그리고 이제는 "요즘은 순위가 많이 떨어졌더라"라고 말씀하신다. 나에게 공무원 시험을 보라고 권하시던 분이 이제는 나의 책 판매 순위를 검색하는 것을 취미로 삼고 계신다.

부모님의 바람은 끝이 없다. 그리고 그 바람은 점점 덩치가 커진다. 학창 시절엔 공부만 잘하기를 바라지만 고3이 되면 좋은 대학에 가기를 원한다. 대학에 들어가고 나면 번듯한 직장에 들어가기를 바라고, 얼른 착실히 돈을 모아 결혼하기를 바란다. 결혼하면 아이를 낳길 바라고, 아이 하나를 낳으면 둘째 손주는 언제 볼 수 있을지를 기대한다.

부모님의 기대는 달성하기 어려운 게임 같은 것이다. 하나를 클리어하면 다음 라운드가 기다리고 있고 그 미션은 결코 클리어되는 법이 없다. 그래서 나는 애초부터 게임에 참가하지 않았다. 좋은 성적, 좋은 대학, 안정적인 직업, 결혼과 출산…… 이 모든 것을 내려놓음으로써 부모님의 기대를 자근자근 깨뜨려왔다. 하지만 그럼에도 불구하고 부모님은 여전히 나에 대한 희망을 마음속에 품고 계신다.

부모는 그럴 수밖에 없는 존재다. 자식들이 너무나도 예쁘고 소중하기 때문이다. 내가 자기 자랑을 하면 할수록 즐거워하는 사람은 부모님밖에 없다. 그만큼 부모님은 늘 자식들을 과대평가하고 과한 기대를 품는다. 하지만 기대하는 게 부모님들의 자유인만큼 그 기대를 깨뜨리는 것은 오직 자식들만이 할 수 있다. 우리는 그러려고 태어났다. 부모님의 기대를 충족시킬수록 그럴 능력이 있는 애라는 인식을 심어주어 인생이 점점 피곤해진다.

우선 어머니에게 비밀을 만드세요. 그것만으로 당신은 심정적으로 어머니보다 우위에 서게 됩니다. 사소한 일부터 어머니의 의향을 거스르면서, 딸이 생각대로 되지 않는다는 것을 학습하도록 하세요. 어머니의 의향과 자신의 의향이 어긋난다면 "엄마, 그건 엄마가 하고 싶은 거고 내가 하고 싶은 게 아니야" 하고 확실히 말하세요. 그렇지 않으면 학교 선택에 그치지 않고 머지않아 당신의 직장, 끝내는 배우자 선택까지도 간섭하려 들 겁니다.

당신이 부모에게서 떠나야 하는 것처럼 어머니도 자식에게서 떨어져야만 합니다. 당신이 자기주장을 하면 가정은 술렁거리고 어머니는 분개하며 모녀 관계가 원만하지 않게 되겠지요. 하지만 그것을 두려워해서는 안 됩니다.

우에노 지즈코, 『허리 아래 고민에 답변 드립니다』 (뮤진트리, 2018)

학업부터 미래까지 모든 것을 통제하려고 하는 엄마 때문에 괴롭다는 한 청소년의 사연에 우에노 지즈코가 한 조언이다. 이중에서 어머니가 모르는 나만의 비밀을 만들라는 부분이 특히 마음에 와 닿았다. 주위를 둘러보면 부모님과 유난히 대화를 많이 하고 비밀이 없는 사이일수록 의존도가 높아 서로에게서 독립하기 어려워하는 모습이 자주 보인다. 모든 걸 미주알고주알 털어놓는 일은 친구나 애인이랑 하고, 부모님과는 서서히 거리를 두며 조금씩 비밀을 만들어보는 것, 이는 보다 건강한 부모 자식 관계를 위한 현명한 도전이 될 것이다.

부모님은 우리의 첫 번째 어른으로서 우리 삶에 지대한 영향을 미치지만 그 말은 부모님이 우리 인생을 결정해도 된다는 뜻이 아니다. 많은 부모들이 자식들을 자신의 소유로 보고 통제할 수 있다고 믿지만 그 생각과 믿음이 사랑이라는 이름으로 포장되어서는 안 된다. 부모의 조언은 우리의 인생을 거들 뿐, 내 인생을 사는 건 나 자신이다.

그래서 나는 오늘도 내 방식대로 산다. 부모님이 답답해하시더라도 어쩔 수 없다는 심정으로. 이렇게 사는 게 나의 최선이라

는 믿음으로, 나는 애초부터 효녀 같은 건 못 되는 사람이라는
마음으로 매일 조금씩 부모님의 기대를 우그러뜨리며 사는 중
이다.

작업의 마음가짐.

                   아침에 일어나서 시계를 보니 오전 열한 시. 전날 늦게 잔 것도 아니고 몸이 안 좋은 것도 아닌데 뭘 이렇게 까지 열심히 잤나 싶었다. 이럴 때마다 느끼게 되는 사실은 몸은 답을 알고 있다는 것. 요 며칠 영 작업에 집중하지 못해서 내일부터는 일어나자마자 일 좀 해야겠다고 다짐하고 잠들었더니 몸이 아예 기상을 거부해버린 거였다.

느릿느릿 일어나 소파에 앉으니 오늘도 이 소파와 한 몸이 될 모습이 그려졌다. 긴 소파를 하나 들여놓고 나서부터 대부분의 생활이 그 위에서 이루어진다. TV 보고, 밥 먹고, 책 읽고, 낮잠 자고, 가끔 하는 원고 작업도 소파 위에 양반다리를 하고 앉아 그 위에 노트북을 얹고 하는 식이다. 덕분에 운동량은 놀랄 정도로 줄어들었고 온몸은 늘 찌뿌드드하다. 무엇보다 금세 TV를 켜게 되고 누워서 낮잠을 자는 통에 일은 하지도 않으면서 마음만 불편하다.

얼마 전까지만 해도 나는 일중독자였는데. 스케줄러는 일부러라도 잡아놓은 계획들로 빽빽했고, 누워서 잠깐 쉬기만 해도 몸이 근질거려서 책이라도 읽고 뭐라도 끼적여보자고 몸을 일으켜 앉곤 했다. 원고 마감이 끝나면 서둘러 다른 스케줄을 잡고, 책 한 권을 쓰고 나면 바로 새 책 기획안을 썼다. 그렇게 해야 제대로 살고 있는 거라고 믿었다.

하지만 본의 아니게 몇 개월을 쉬고 났더니 아무것도 안 하는 생활에 금세 또 몸이 적응했다. 인터넷에서 산 인조가죽 소파가 그 적응을 더욱 원활하게 도와주었다. 그 위에 누워서 휴대폰으로 TV 편성표를 찾아 하루 종일 좋아하는 프로그램 재방송을 보고, 어쩔 때는 각 프로그램 시작 시간을 포스트잇에 적어놓고 몇 시간 동안 꼼짝을 안 하기도 했다. 앉아서 책을 읽다가도 스스륵 눕게 되고, 그러다 잠이 들어서 문득 새벽에 눈을 떠 어안이 벙벙한 적도 많았다. 밥은 늘 소파에서 후다닥 먹고 싶었기 때문에 배달 음식이나 대충 데우기만 해도 되는 레토르트식품으로 끼니를 때웠다. 그렇게 소파와 일심동체가 되어 살아가다 보니 어느새 할 일은 산더미처럼 쌓여 있었다.

사정이 이렇게 된 이유는 내 게으름 때문이 아니라 주거 공간과 작업 공간을 분리하지 않은 어리석음 때문인 것 같았다. 얼마 전, 이사를 하면서 작은방에 조촐한 작업 공간을 만들었는데, 이 집에 온 지 세 달이 지나도록 그 책상 앞에는 앉아본 적이 없었다. 작업실이라는 공간을 떡하니 만들고 나니 오히려 작업을 끊게 되었다고나 할까. 적어도 작업은 책상 앞에서 하던 사람이었는데, 이제는 책상 앞에서 작업을 안 하는 것은 물론 아예 작업을 안 하는 사람으로 거듭났다!

그래서 작업실을 옮기기로 했다. 책장과 책상을 모두 옮기는 건 엄두가 안 나서 책상만이라도 옮겨보기로 했다. 하루 중 대부분의 시간을 보내는 거실로 책상을 옮긴다면 신나게 TV를 보면서도 책상을 쳐다보게 될 것이고, 그 위에 쌓인 각종 도서와 자료와 노트북을 본의 아니게 보게 될 것이고, 그러다보면 더는 미룰 수 없는 일감이 기다리고 있다는 사실을 자각하게 될 것 같아서였다.

옆으로 긴 책상을 혼자 옮기는 건 무리여서 마치 이삿짐 전문가처럼 책상다리에 마른 수건을 깔고, 소리 안 나게 쓱쓱 밀면서 거실로 옮겼다. 거실 창문 바로 맞은편에, 소파와 TV와는 등을 돌리는 방향으로 책상을 옮기고 나니 인테리어고 뭐고 도무지 목적을 알 수 없는 공간이 탄생했지만 나는 몇 달 만에 책상 앞에 앉아서 이렇게 글을 쓰고 있다.

처음으로 시도해본 책상 재배치는 현재로서는 성공적인 것 같다. 그래서 앞으로는 한 달에 한 번씩 책상을 다른 곳으로 옮겨볼까 한다. 새로운 방향을 보며 새로운 공간에서 작업하면 새로운 글을 쓸 수 있지 않을까.

…… 여기까지 쓰고 책상에서 차를 마시고, 밥을 먹고, 인스타그램을 하고, 팟캐스트를 듣는 것으로 오후 시간을 보냈다. 그

럼에도 불구하고 아직 소파로 다이빙하지 않았다는 것, TV를 틀지 않았다는 사실에 만족하는 중이다. '안 보면 멀어진다'는 말. 그 말은 소파에도 적용되는 말이었다. 자, 이제 일을 시작하기만 하면 된다······.

금기 미니멀리즘.

　　　　　　　　　　미소에게는 집이 없다. 날이 갈수록 오르는
월세에 지친 나머지 집 없이 한번 살아보기로 한 것이다. 남자
친구 역시 회사 기숙사에 사느라 재워줄 수가 없어서 미소는
몇 년 전 함께 밴드 활동을 하던 친구들 집을 전전하며 하룻밤
씩 신세를 지기로 한다. 친구들 집을 방문할 때마다 숙박비 대
신 달걀 한 판을 들고 가서는 청소를 해주고 반찬도 만들어주
면서 그 집에서 씻고 먹고 잔다. 그 생활을 반복하면서도 미소
에게는 결코 포기할 수 없는 게 있는데 바로 담배와 위스키다.
가사 도우미 일로 하루에 사만 오천 원을 벌어도 사천 원짜리

담배, 만 삼천 원짜리 위스키 한 잔은 거르는 법이 없다.

그런 미소에게 한 친구는 이런 말을 한다. "집도 없이 돌아다니는 애가 담배랑 위스키라니. 난 네가 염치없다고 생각해." 영화 〈소공녀〉를 보면서 그 말을 하는 친구도 이해가 갔지만 곧 죽어도 담배와 위스키를 포기 못 하는 미소도 이해가 갔다. 아니, 영화를 다 보고 나서는 미소처럼 살고 싶었다. 그 누구보다 허리띠를 졸라매야 하는 처지임에도 자기만의 취향과 사랑을 포기하지 않는 모습이 대단해 보였다.

미소에게는 금기가 없었다. 온갖 계획을 세우고 규칙을 지키며 빡빡하게 살지 않는다. 집이 없으면 남의 집에 가서 자면 되고, 돈이 없으면 떡꼬치를 먹으면서도 즐겁게 데이트를 한다. 지갑에 여유가 없어도 나만을 위한 위스키 한 잔을 주문하고 담배 한 갑을 산다. 스스로에게 허락한 최소한의 쾌락을 끝까지 붙들고 사는 모습이 어찌나 멋져 보이던지. 그에 비해 나는 어떤가. 나로 말할 것 같으면 금기 없이 못 사는 금기왕 아닌가.

고기 안 먹기, 밀가루 안 먹기, 매일 운동 거르지 않기, 커피 안 마시기, 술 안 마시기, 특히 속상할 때는 더욱 안 마시기, 늦잠 안 자기, 다리 안 꼬기, 택시 안 타기, 세일 안 할 때는 화장품 안 사기, 대출 및 마이너스 통장 등 빚 안 만들기…….

얼마 전까지만 해도 나는 이 중 대부분을 지키며 살았고 요즘도 몇 개를 지키며 산다. 그래서인지 주변 사람들에게는 자주 깐깐하다는 말을 들었고, 나를 불편해하는 사람들도 있었다. 모두가 더 나은 내일을 위한 결정이었지만 나 역시 실천하며 사느라 갑갑했던 건 사실이다.

"좀 그러지 좀 마."

하루는 친언니와 함께 카페에 갔다. 샌드위치를 하나 사서 나눠 먹자는 말에 요즘 밀가루를 줄이고 있어서 안 먹겠다고 하니 언니는 코웃음을 쳤다. "뭘 그렇게 안 먹는 게 많아. 밀가루 안 먹으면 소화엔 좋을지 몰라도 못 먹는 음식이 많아지잖아. 가뜩이나 가리는 거 많은 애가 밀가루도 안 먹으면 대체 뭘 먹겠다는 거냐? 그런 거 좀 하지 마."

평소 내가 어떻게 살고 있는지 알고 있는 사람이 하는 말이어서 그런지 유난히 마음에 박혔다. 그러게, 대체 뭘 위해서 이러고 있는 거지. 아무도 안 시킨 금기를 스스로 만들어가면서 나를 작은 감옥에 가두고 사네. 언니 말대로 '무엇무엇 하지 않기'를 실천하느라 정작 잃은 게 더 많을 때도 있지 않았던가.

혹시 나는 남들보다 세 배 정도 빡빡하게 피가 흐르는 건 아닐까. 나는 일명 '유도리 없음'이라는 유전자를 보유하고 있는 건 아닐까. 그래서 늘 뭔가를 금지하고, 세워둔 수칙을 지키느라 어울렁 더울렁 살아갈 줄 모르는 사람이 되어버린 건가. 말만 들어도 정 떨어지는 사람이 바로 나네. 이런 나랑 매일 같이 사는 사람인 나는 또 얼마나 피곤할까.

독일의 심리치료사 롤프 메르클레는 그의 책에서 '내면의 비판자'에 대해 이야기한다. 우리 안에는 늘 스스로를 다그치고 못살게 구는 비판자가 살고 있어서 우리로 하여금 더 나은 사람이 되라고 종용한다고 한다.

비판자는 완벽을 지향해요. 모든 것을 규제하고자 하고 통제하고자 하지요. 그는 뜻밖의 것이나 즉흥적인 것, 우회하는 것을 좋아하지 않아요. 그는 비하하고, 샘이 많고, 까다로우며, 이분법적 사고를 해요. 일반화시키기를 좋아하고, 한쪽으로 치우쳐서 생각하며, 거짓말을 잘해요.

롤프 메르클레, 『나는 왜 나를 사랑하지 못할까』(생각의날개, 2014)

물건과 소비를 줄이는 미니멀리즘이 유행하던 시대가 있었다. 그 많던 미니멀리스트들은 지금쯤 어떻게 살고 있는지 궁금해지지만 그들의 단출한 집과 소지품을 떠올려보면 나야말로 미니멀리즘이 필요한 사람이라는 생각이 든다. 그것은 바로 금기 미니멀리즘. 이제라도 '무엇무엇을 하면 안 된다' '무엇무엇을 해야만 한다'라는 수칙을 하나둘 버리고 스스로에게 숨 쉴 틈을 마련해주는 연습이 필요할 것 같다.

규칙이 많은 커플일수록 그 관계가 오래가지 않는다는 연구 결과를 접한 적이 있다. 서로의 사랑을 지키기 위해 만들었던 규칙들이 관계를 더욱 경직되게 만들고, 그로 인해 스트레스를 유발한다는 이야기다. 그렇다면 규칙이 많은 사람은 어떨까. 장수하고 싶은 생각은 없지만 사는 동안만이라도 맘 편하게 살고 싶은데. 그러기 위해서는 쓸데없는 물건을 버리듯 금기를 하나씩 버려봐야겠지.

그동안의 나의 금기들을 바라보고 있자니, 저 중에 꼭 지켜야만 하는 게 대체 뭐가 있나 싶다. 속상할 때 술 좀 마시면 어떻다고. 늦잠 안 자기는 무슨. 이제는 밀가루도 먹고, 필요할 땐 택시도 타고, 세일 안 하는 날에도 화장품을 살 거다. 그렇게 하나둘 금기로부터 자유로워진다면 언젠가는 〈소공녀〉의 미소처럼 물 흐르듯 바람 불 듯 살 수 있을지도 모른다.

미소처럼 나도 행복을 위한 수칙을 만들어볼까. 하루라도 빼먹으면 안 되는 즐거움의 일과 같은 것. 꼬박꼬박 숙제하듯 오늘의 소확행을 실천하며 사는 것. 그렇게 앞뒤 꽉꽉 막힌 인생에서 나라도 내 숨통을 터주어야지. 따지고 보면 그걸 나 아니면 또 누가 해주겠는가.

기분이 안 좋을 때를
조심하자。

─────────── 어버이날을 앞두고 언니와 부모님 댁에 다
녀왔다. 길게 머물지는 못하고 간단히 외식만 하고 돌아왔기에
언니랑 다음 주에 또 오기로 했다. 그런데 그 주말, 친척분이 오
랜만에 전화를 걸어 물어보셨다. "어버이날인데 집에는 갔다
왔니?"

그 질문에 갑자기 버튼이 눌렸다. 지금 생각하면 별일도 아닌데
그때는 왜 그렇게 발끈했는지 모르겠다. 마치 내 효도 여부를
점검당하는 느낌이 들었다. 친척 어르신은 가끔 안부를 전하는

대화 사이사이에 내 재정 상태는 어떤지, 글을 써서 먹고는 사는지, 결혼할 생각은 없는지 등 개인적인 질문을 자주 던지시곤 했다. 그때마다 어물쩍 웃어넘겼지만 그날은 그러고 싶지가 않았다. 그래서 대답했다. "뭐 그런 걸 다 물어보세요……."

갑자기 날아든 싸늘한 반응에 친척 어르신은 당황하신 눈치였다. "그냥 궁금해서 그랬지……." 그 말씀에 한마디를 더 보탰다. "그런 건 신경 안 쓰셔도 될 것 같아요." 그 뒤로 통화는 어색하게 마무리되었다. 당시에는 그동안 참아온 할 말을 한 것 같아 속 시원했지만 시간이 지나니 찜찜했다. 나, 꼭 그렇게 해야만 했을까.

요즘 나는 계속 화가 난 상태였다. 딱히 이유는 없었다. 하지만 이유를 생각하고 찾아낼 기력이 없을 뿐 이유 없는 분노가 어디 있을까. 막연히 불안하고 짜증이 나면서 대체 왜 이러나 싶은 날들이 이어졌다. '전체적으로 기분이 안 좋은 상태'라는 말로밖에 표현할 수 없는 시기. 그럴 때는 꼭 그렇게 방어적이 된다. 하지만 정작 나는 내가 그러고 있다는 걸 모른다.

가까운 친구 중에 오랜 시간 계획해온 자격증 취득을 준비 중인 친구가 있었다. 친구는 전문가 밑에서 몇 개월 동안 일을 배우고, 그 이후에 자격증 발급을 위한 시험을 치르기로 하고 차근차근 과정을 밟아 나가는 중이었다. 하지만 시간이 지날수록 그 일과 맞지 않는다고 느꼈고, 결국 모든 과정을 중도에 그만두었다. 예상 외의 상황을 감당하느라 적잖은 충격을 받은 친구는 앞으로의 진로를 어떻게 결정하면 좋을지 막막해했다.

혈기 왕성한 나이에도 실패는 두렵기만 한 것이거늘, 서른 중반의 나이에 친구가 겪고 있을 무력감이 안타까웠다. 처음에는 위로도 해보고 같이 욕도 해주었지만 친구의 기분은 금방 풀리지 않았다. 하루는 문자로 가벼운 농담을 건네며 대화를 시도했는데, 친구는 점점 말수가 줄어들더니 결국에는 건성으로 대화를 이어갔다. 그동안 어르고 달래온 나조차 피로감이 몰려오는 느낌이 들어 한마디 했다.

'차갑네.'
'차갑지.'
'왜?'

'난 지금 이런데 넌 아닌 것 같아서.'

'뭐?'

'난 네 태평한 농담 같은 거 안 듣고 싶거든. 특히 지금은!'

어머 얘 왜 이래. 평소에는 그렇게 버럭하는 친구가 아니어서 더 놀랐다. 어떤 말을 해야 할지 망설이다보니 얼마 전 친척 어르신에게 비슷하게 군 내 모습이 떠오르는 게 아닌가. 그래. 지금 얘한테는 아무 얘기도 안 들리겠구나. 그때의 나처럼 아무 말도 듣고 싶지 않은 거구나.

마음에 여유가 없으면 귀가 닫힌다. 남에 대한 이야기도, 나에 대한 이야기도 듣기 싫고 세상의 모든 소리들이 소음으로 느껴진다. 멀쩡하게 일상을 살면서도 동굴에 갇혀 있는 것 같아 자꾸만 혼자라는 생각이 든다. 계속 이렇게 지내면 안 될 것 같아서 사람들을 찾아보지만, 만남을 갖고 대화를 나눠봐도 마음이 편치가 않다. 괜히 틱틱거리게 되고 별것도 아닌 얘기에 욱하게 된다. 스스로조차 자꾸 속이 좁아지고 있다는 것을 느끼고는 집으로 돌아오는 길에 기분이 더 처진다.

하지만 그럴수록 점점 '내 기분'에만 집중하게 되기에 이렇게 우울하고, 슬프고, 낙이라고는 없는 스스로가 딱하다는 생각만 든다. 그래서 애먼 사람에게 쌀쌀맞게 대하고 화풀이한다. 그러면서도 자기가 그러고 있다는 걸 모른다. 아니, 내가 이러는 데에는 다 이유가 있다는 합리화만 하게 된다. 내 마음 달래는 일 하나에만 혈안이 되는 것이다.

그랬던 내 모습을 떠올리다보니 안 그러던 애가 왜 이러는지 이해가 갔다. 그래도 백 퍼센트 이해하고 보듬을 만큼 너그러운 사람은 아니기에 문자를 보냈다. '네가 이번에 얼마나 힘들고 괴로울지 다는 몰라도 친구로서 힘이 되고 싶다. 그런데 그게 네 감정을 그런 식으로 나한테 다 풀어도 된다는 뜻은 아니야. 좀 실망했어. 그래도 얼른 털어냈으면 좋겠다. 얘기하고 싶을 때 연락해.' 친구는 얼마 뒤 연락을 해 사과했고, 우리는 그걸로 다 잊어버리기로 했다.

두 사건 이후로 나는 '기분이 안 좋을 때를 조심하자'고 생각한다. 메마른 마음이 없던 오해를 만들고, 다툼을 만들고, 좋았던 관계를 꼬이게 하기 때문이다. 당시에는 내가 다 그럴 만한 이유가 있어서 그러는 거라고 믿지만, 그럴 만한 이유란 사실 '내 기분이 안 좋아서'가 아닌가. 분석하면 분석할수록 멋쩍어지는 경험을 반복하고 싶지 않아서 기분이 나쁠 때는 일부러도 말은 줄이고, 생각은 덜하면서 잠깐이라도 반짝 기분 좋아질 만한 일을 한다. 이를테면 〈맛있는 녀석들〉 재방 연속으로 보기, 자극적인 음식 먹기, 루이스 폰시 음악 틀어놓기, 방바닥에 대자로 누워서 휴대폰 하기 등. 그렇게 하고 나서도 상황은 변한 게 없지만 애꿎은 화풀이 대상에게 씩씩거리는 것만큼은 막을 수 있다.

기분이 나쁠 때 상황이 나빠진다. 상황이 나빠지면 나빴던 기분은 더 나빠진다. 그럴 때는 될 일도 안 된다. 그 사실 하나를 명심하고 오늘도 나는 기분이 나빠질라치면 일단 〈맛있는 녀석들〉을 튼다. 자극적인 음식으로는 뭘 먹을지를 생각한다. 루이스 폰시 음악을 들으며 방바닥에 대자로 누워서 트위터나 인스타그램을 켠다. 잠시 그렇게 내 기분과 조금 거리를 둔다.

반성보다 연민.

＿＿＿＿＿＿＿＿＿ 실수를 반복하는 사람은 흔히 반성할 줄 모르는 사람이라는 인식이 있지만 그렇지 않다. 실수를 많이 하는 사람은 실수할 때마다 반성한다. 다만 반성했다는 사실을 금세 까먹거나, 실수를 앞두고 그게 실수라는 걸 인식하지 못할 뿐이다. 내가 그렇다.

나는 '반성 덕후'다. 반성이 특기이자 취미다. 책을 읽다가도 문득 반성하고, 사람들과 이야기를 나누면서도 불현듯 반성한다. 영화를 보다가도, 길을 걷다가도 반성한다. 세상은 반성할 일로 가득하다. 그래서 나는 시간을 쪼개서 반성하고, 반성할 만한 것을 굳이 찾아가며 반성한다.

그렇다고 해서 올바르고 건강하게만 살아간다고 생각한다면 오산인 것이, 대부분의 반성이 더 나은 행동과 더 나은 나로 이어지지 않기 때문이다. 덕후가 하는 대부분의 활동이 취미 생활 혹은 자기만족에 머무는 것처럼, 반성 덕후인 나의 반성 역시 그 선에 머물러 있다. 그저 스스로 반성하는 내 모습이 좋은 것이다.

그런 의미에서 나를 굳이 반성하게 만드는 사람들은 별로다. 반성을 취미로 하고 있는데 진지하게 접근해오면 곤란하다. 이를테면 평소 주변 어르신들은 불안정하게 사는 것 같은 나에게 다양한 조언을 하신다. 결혼은 왜 안 하냐는 말도, 그 일을 해서 먹고살 수나 있느냐는 걱정도, 부모님께 걱정 끼치지 말라는 조언도, 다 나 생각해서 하는 말이라고 여겼다. 하지만 그 말들을 들을 때마다 묘하게 기분이 가라앉는 건 부정할 수 없었다. 그리고 나를 한 번 더 돌아보게 됐다. 그래, 나는 좀 이상하게 살고 있는 것 같아. 부족한 것 같아. 더 제대로 된 인간이 되어야 할 것 같아.

하지만 결과적으로 그 삶을 청산하지도 못했고, 여전히 부족하기만 할 뿐 더 제대로 된 사람이 되지도 못했다. 그건 곧 그분들의 조언이 별 효과를 발휘하지 못했다는 뜻이고, 이를 바탕으로 이어진 내 반성 역시 딱히 성과가 없었다는 뜻이다. 그렇다면 그다지 큰 의미 없는 조언 듣기, 반성하기 앞에서 씩씩해지고 싶은데 무슨 방법이 없을까.

그러던 중, 책을 읽다가 흥미로운 대목을 발견했다. 알아서 반성하는 나 같은 사람에게는 더 이상 자기반성 말고 이게 필요할 것 같았다. 그건 바로 자기 연민이다.

> 우리는 연민을 누려야 마땅하지만 그것을 우리에게 줄 사람은 아무도 없으므로, 스스로에게 연민을 베풀어야 한다. (중략) 자기 연민은 스스로에게 베푸는 동정심이다. 더 성숙한 자아가 더 나약하고 방황하는 자아에게 고개를 돌려 위로하고 다독이며 다 이해한다고, 너는 사랑스러운 존재인데 그저 오해받은 것뿐이라고 말해주는 것이다.
>
> The School Of Life, 『소소한 즐거움』(와이즈베리, 2017)

책을 읽는 동안 또 한 번 반성하고(!) 말았다. 그래, 나는 스스로를 불쌍히 여길 줄 모르는 사람이었지. 반성할 게 없으면 큰일이라도 날 것처럼, 매일 반성할 필요가 있다고 굳게 믿고 살았지. '내가 나를 보는 대로 남들도 나를 봐준다'는 말은 그저 뜬구름 잡는 이야기라고 생각했는데 아닌 건가. 내가 이렇게 나를 채찍질하면서 살고 있으니 남들도 나를 채찍질하게 되는 걸까.

반성을 취미로 하면서 산다고 말은 하지만 가끔 스스로 하는 반성에도 멘탈이 털리곤 한다. 그런 나에게 또 반성하라고 다그치는 사람도 있으니 때로는 코너에 몰린 것 같다. 그렇다면 이제는 취미를 좀 바꿔볼까. 반성의 시간을 연민의 시간으로 채워볼까. 잘 보이고 싶은 누군가에게 그렇게 하듯이, 좋아하는 사람에게 그러듯이 나에게도 웃으면서 괜찮다고 말해주는 거다. 이제껏 잘 살아왔다고 칭찬해주는 거다. 그동안 고생했다고 다독여주고 걱정 말라고 위로해주는 거다. 이제껏 잘해왔고, 앞으로도 그럴 거라고. 설혹 좌절하고 넘어지더라도 다시 일어날 수 있을 거라고. 나라면 그럴 수 있을 거라고…….

아… 뭐야…… 여기까지 쓰고 나니 갑자기 눈가가 시큼해진다.

누군가에게 듣고 싶었던 말을 나한테 들었을 뿐인데 목 안쪽이 뜨거워지면서 눈물이 찔끔 난다. 뭐야 이거. 혼자 방구석에 앉아서 혼자 울고 뭐 하는 거야. 아 뭐야 진짜. 왜 이래…… 아휴 참…….

뭐기는. 왜 이러기는. 나에게는 이런 시간이 필요했다. 위로받고 칭찬받는 거, 그런 거 없어도 잘만 살아갈 수 있는 사람이라고 믿었는데 아니었던 거다. 난 여전히 약하고 서툴고, 그래서 따뜻한 다독임이 필요한 사람이었다. 창피하긴 하지만 인정할 수밖에, 그동안 나에게 필요했던 건 자기반성이 아니라 자기 연민이었다는 걸 받아들이는 수밖에.

당분간 반성은 끊어봐야겠다. 그저 이런 나를 불쌍하다고 여기고 실컷 토닥이면서 지내봐야겠다. 혹시 모른다. 내가 그렇게 생각하면 남들도 나를 그렇게 봐줄지도. 내가 나에게 다정한 만큼 남들도 나에게 다정해질지 모른다. 훌쩍.

사과의 타이밍.

꽤 오랜 시간 친구, 아니 친자매처럼 가까이 지내던 후배가 있다. 진지한 이야기부터 이상한 이야기까지 우리는 많은 걸 털어놓으며 서로 의지했다. 하지만 일 년여 전 통화를 하다가 나는 별거 아닌 이유로 그 애에게 짜증을 냈고, 난데없이 화를 내는 모습에 당황한 후배는 그 뒤로 연락을 하지 않았다. 나 역시 '조만간 연락해야지' 생각만 하다 시간을 흘려보냈다. 그렇게 우리 사이에는 일 년 반의 시간이 쌓였다.

처음에는 곧 풀릴 일이라고 믿었다. '우리 사이에 화 한번 못 내냐?'는 생각이 들어서였다. 그 이후로 연락 한 번 안 하는 후배에 대해서도 서운한 마음이 들었다. 이제껏 보내온 세월이 얼만데, 그깟 일로 안 볼 사이가 되는 건가. 하지만 그때 일을 떠올릴 때마다 드는 생각은 그저 '내가 잘못했지'였다. 그러면서도 시간이 흘러갈수록 이런저런 감정이 겹겹이 쌓이더니 '사과해야지'라는 애초의 마음은 점점 가라앉고 있었다.

그 애 없이 보낸 시간 동안 공교롭게도 다른 사람들과도 멀어졌다. 가끔 연락만 하는 사람들과 소원해지는 일에는 어깨 몇 번 으쓱하고 넘길 수 있었지만, 문제는 가까운 사람들과도 멀어졌다는 데 있었다. 나는 요 몇 년 동안 그 아이를 포함해 친하게 지내던 네 명의 사람과 사이가 벌어졌다. 처음에는 이 모든 게 그들 탓이라고 믿고 싶었지만 관계에서 어디 한 사람만 잘못하는 경우가 있나. 인정하고 싶지 않을 뿐, 그동안 내가 해온 실수와 잘못이 차곡차곡 쌓여 결국 이렇게 돼버린 거였다.

허무하게 멀어지고 만 관계들을 떠올리다보니 그동안 보류해온 사과가 자꾸 나를 괴롭혔다. 먼저 손을 내밀어야 하는데, 잘못했다고 말해야 하는데, 그 말을 어디서부터 어떻게 꺼내야 할

지 막막했다. 더 난감했던 것은 나 역시 우리 사이가 이미 벌어
졌다는 것을 깨닫고 있었다는 거다. 아무리 진심을 다해 사과해
도 예전으로 돌아갈 수 없을 거라는 예감이 들었고, 그렇다면
훌훌 털고 살아가면 될 텐데 그러지도 못하는 내가 답답했다.
이러지도 저러지도 못하는 사이에 시간이 가버렸는데 이러다
또 몇 년을 훌쩍 보내버릴지 모른다는 불안함도 있었다.

그래서 연락했다. 불쑥 전화해서 어색한 통화를 할 자신은 없고
대뜸 만나자는 말로 약속을 잡고 얼굴을 마주하면서 무슨 이야
기를 나눠야 할지도 난감했다. 그리고 무엇보다 이 모든 계획을
그 애가 받아줄지도 의문이었다. 그래서 가장 무난한 방법, 수
신을 확인할 수 있는 카톡으로 메시지를 보냈다.

　잘 지내니?
　언제 연락을 해야 할지 망설이다가 시간이 일 년이나 지나
버렸네. 그동안 각자 서로에게 많은 이야기가 쌓였겠지만
그냥 한마디로 내가 미안해.
　그때는 화낼 일도 아닌 걸 갖고 왜 그렇게 승질을 냈는지.
이제 와서 이런 말이 너한테 어찌 들릴지 모르겠지만 사과

하고 싶다.

늘 건강 챙기고, 밥 잘 챙겨 먹고 웃으면서 지내길 바랄게.

조만간 만나자는 말을 하기도 아직은 어색한 것 같고 그 이상이나 그 이하를 쓰는 것도 진심이 아닌 것 같아 그렇게만 보냈다. 하지만 한참을 기다려도 숫자 1은 그대로였다. 며칠이 지나도 1은 없어지지 않았다. 어쩌면 후배는 나를 차단했는지도 모른다. 그럴 수 있는 일이라는 생각이 들면서도 섭섭한 마음은 어쩔 수 없었다. 이 일로 친언니에게 상의를 하니 언니는 이런 말을 했다.

"사과에도 타이밍이 있어. 네가 정말 잘못했으면 그냥 잘못했다는 것 하나만 생각하고 빨리 사과하는 거야. 묵혀두면 자꾸 오해만 쌓이니까. 그리고 그 시간 동안 자꾸 너를 합리화하게 돼. 그러는 동안 상대방한테도 안 좋은 기분만 느끼게 만들고."

언니의 말에 용기를 내서 한 번 더 연락했다. 문자메시지로 비슷한 내용을 다시 보냈지만 이번에도 답장을 받지 못했다. 나는 그저 할 수 있는 일은 다 했다는 생각이 들었고, 예전으로 되돌릴 수 없는 관계에 대해서도 미련을 떨치기로 했다.

이번 일로 알게 됐다. 사과를 해야 하는 사람들은 언젠가 때가 되면 사과할 수 있고 또 그 사과가 받아들여질 수도 있다고 생각하지만, 사과를 받아야 할 사람은 전혀 다른 생각을 갖고 있을 수 있다는 것을. 미안하다는 마음은 묵혀둘수록 더 전하기 힘들어지고 통할 가능성도 희박해진다는 것을. '우리에게는 각자 시간이 필요하다'는 생각이 두 사람에게 똑같으리라는 보장은 없다는 것을. 사과에도 정해진 타이밍이 있다는 것을.

사과의 타이밍은 사과를 받아야 할 사람이 정하는 것이다. 내가 너를 용서하겠다, 다 잊어버리겠다는 결심은 사과받을 사람만의 권리다. 사과하는 사람은 그저 미안하다고 말하고 이후의 결과를 기다리는 수밖에 없다. 다만, 나처럼 너무 늦게 하면 상황은 더 복잡해진다. 사과받을 사람이 품고 있는 타이밍의 마지노선조차 사라져버릴지도 모른다.

결국 나는 사과의 골든 타임을 놓친 것 같다. 어쩌면 우리는 말없이 지내온 일 년여의 시간보다 더 긴 시간을 대화나 만남 없이 살게 될지도 모른다. 하지만 그러는 사이에 깨닫는다. 잘못한 게 있으면 신속히 해결해야 한다. 그러지 못했다면 납득하고 싶지 않은 결과도 받아들일 줄 알아야 한다. 그리고 다음부터는 안 그러는 거다. 또 한 번 관계에서 실수하고 나서야 관계에 대해 배우고 말았다.

#3
무턱대고 최선을
다하진 않겠습니다

때로 감정은
정당성을 필요로 한다.

_____ 몇 개월 전에 술자리에서 속상한 일이 있었
다. 일 문제와 오랜 인간관계 문제가 복잡하게 얽혀서 난감하
고 당황스러운 일을 겪게 되었다. 그럴 때일수록 씩씩해져서 별
일 아니라며 털어버리거나 현명하게 해결책을 찾으면 되는 것
을, 나는 둘 다 하지 못한다. 그저 기분 나쁘다, 슬프다, 속상하
다…… 등 답 없는 감상만 주구장창 늘어놓는다.

다음 날이 되었는데도 가슴속 분노와 억울함이 가시지 않았다.
그렇다고 해서 대놓고 기분대로 할 수만은 없었던 것이 아직

해결해야 할 일들이 남아 있었기 때문이다. 그래도 지금 당장은 어쩔 줄 모르겠는 분노를 먼저 눌러야 할 것 같고, 이러한 일에 대해 잘 알고 있을 것 같은 사람에게 조언을 구하고 싶어서 알고 지내는 남자 사람 동생에게 전화를 걸었다.

"어제 이런 일이 있었는데……" 담담한 척 말을 이어가는 내 이야기를 듣더니 그는 말했다. "누나, 가만히 있었어? 그럴 땐 화내도 되는 거야. 그거 기분 나쁜 거야!"

그 말을 듣고 불쑥 느껴지는 안도감. 나보다 더 성질을 내는 그 목소리를 듣고 있다보니 이 일이 해결이 안 되면 어떻고 상황이 더 복잡해지면 뭐 어떨까 싶었다. 내 얘길 듣고 '그건 누구나 화날 만한 일이다'라고 말해주는 사람 앞에서 내 분노의 정당성을 부여받은 느낌이 들었다. 그래서 한마디를 건넸다. "너 같으면 화낼 수 있었겠냐?" 그랬더니 그랬다. "못 하지." 하나도 안 웃긴 상황인데도 우리는 어쩔 수 없이 웃고 말았다.

그래. 이런 걸 원했던 거다. 누가 잘못을 했건 내가 지금 느끼는 감정은 지극히 자연스러운 거라는 응원 아닌 응원을 듣고 싶었다. 다행히 그는 그걸 해주었고 덕분에 나는 어제와 조금도 달라지지 않은 상황 앞에서 담담해질 수 있었다. '일단은 진정하자, 시간을 갖고 해결해보자'는 다짐도 하게 됐다.

그동안 누가 속상해하고 화를 낼 때 나는 어떤 태도를 보여왔을까. 행여 그를 위한다는 평계로 이성적이고 바른 말만을 던지지는 않았는지("왜 이렇게 감정적으로 굴어. 일단 진정해.") 아니면 영혼 없는 멘트만 날리지는 않았는지("시간이 지나면 해결될 거야.") 그도 아니면 그저 거리를 두는 말만 늘어놓지는 않았는지("나도 잘 모르겠네. 그쪽에 대해서는 아는 게 없어서.") ……이 모두에 해당되는 것 같아서 금세 멋쩍어졌다.

우리는 때로 스스로의 감정에 대해서도 정당성을 필요로 한다. 부정적인 감정에 습격당할 때마다 내가 이러는 데에는 합당한 이유가 있다는 증거를 마련하고 싶어진다. 그럴 때마다 가까운 사람들을 찾으며 "내가 이상한 거냐?"고 묻지만, 결국은 내가 이상한 거였다는 씁쓸한 발견만을 하게 된다. 그러는 사이에 혼자였을 때보다 더 외로워진다.

안 좋은 일을 당했을 때, 나보다 더 화를 내고 크게 욕해주는 사람 앞에 있으면 어느새 마음이 풀어진다. 나를 골탕 먹인 사람을 '이상한 인간'이라고 부르고, 나를 힘들게 하는 사람을 '돌아이'로 매도하는 주변 사람들 덕분에 넘어지더라도 무너지지 않을 수 있다. 분노나 서운함보다 힘이 센 것은 누군가가 나의 감정에 동참해주고 있다는 믿음이다. 그렇게 내 감정에 대한 정당성을 확보하는 것만으로도 한 발자국 더 움직일 수 있는 힘을 얻는다. 사람이 한없이 복잡해 보여도 이렇게나 단순하다.

요즘도 가끔 그날의 통화를 떠올린다. 마음이 상하는 일이 생길 때마다 "누나, 그건 기분 나쁜 거야"라는 말을 떠올리며 내 감정에 대한 죄책감을 떨쳐버리려 한다. 그리고 이제는 누가 내 앞에서 속상해하면 먼저 그 감정의 정당성부터 부여해주려고 한다. 네가 이상한 게 아니라 상황이 이상한 거라고, 네가 잘못한 게 아니라 그 사람들이 잘못한 거라고. 아무리 따져봐도 그런 생각이 안 드는 상황일지라도 일단은 그렇게 말하고 본다. 지금 나에게 주어진 의무는 이 사람 마음을 풀어주는 일이라는 생각 하나만 한다.

왜냐하면 우리는 이유 없는 일에 화내는 사람이 아니기 때문이다. 우리가 화를 내는 데는 다 그럴 만한 이유가 있기 때문이다. 우리가 매사 정당한 사람은 못 되더라도, 우리의 분노는 정당하다. 우리는 종종 나쁠 수도 있지만 우리가 느끼는 감정과 기분은 나쁜 게 아니다. 설령 그렇지 않은 경우에도 일단 그렇게 우기고 본다. 그래야 이 험준한 삶을 버텨낼 수 있지 않겠는가.

숨 쉬는 법을
배우는 중입니다.

_____ 몇 개월 전부터 요가를 시작했다. 몇 년간
해왔던 웨이트트레이닝이 지겨워져서 점점 운동과 담을 쌓게
되길래 종목을 바꿔보고 싶었지만, 적극적으로 찾는 일도 내키
지 않고 새로운 운동에 적응하는 일도 버거웠다. 그저 산책하듯
편안한 마음으로 시도할 만한 운동을 떠올리다보니 자연스레
생각난 게 요가였다.

믿을 만한 요가원을 찾겠다며 며칠을 자료 검색에 열중하는 것
도 엄두가 안 나서 헬스장의 GX 프로그램을 이용하기로 했다.

다행히 내가 다니는 헬스장에는 주 오 일 시간대별로 다른 장르의 요가 수업이 마련되어 있었다. 좋네! 새달이 시작되는 첫날을 요가로 시작하는 거야! 그리고 일상화된 요가로 몸과 마음의 안정을 도모해보는 거지! 이런저런 포부를 안고 요가 스튜디오에 발을 들였다.

"호흡에 집중하세요. 들이마시고, 내쉬고⋯⋯ 다시 한 번 천천히⋯⋯ 들이마시고, 내쉽니다."

수업이 시작되었다. 이미 숙련되어 보이는 다른 회원들을 의식하며 허리를 더 바짝 세우고 앉아보았다. 선생님의 목소리에 따라 호흡을 시도해보는데 자꾸만 엇박자가 났다. 자세가 잘못된건가 싶어 다리를 움직여 정자세를 만들어보고, 잡생각이 문제인가 싶어서 머리를 흔들며 집중하려고 애썼지만 호흡이 편하게 되지 않는다⋯⋯ 숨을 내쉬고 들이쉬는 일만큼은 고민 없이가능한 일이라 믿고 살아왔는데 대체 무슨 일이지? 그런 신입회원의 당혹스러움을 눈치채신 건지 선생님은 말씀하셨다.

"천천히 내 호흡을 느껴보세요. 어떻게 숨을 들이마시고 내쉬는지. 우리는 자신의 호흡을 잘 모르고 삽니다. 이 시간 동안만이라도 가급적이면 깊고 길게 숨을 들이마시고 내쉬어보세요." 가급적이면 깊고 길게요? 후…… 하…… 음…… 흠…… 하…… 헉, 안 되는데요, 슨생님……? 의식적으로 숨을 내쉬는 건 그럭저럭 가능했지만 숨을 들이마시는 게 쉽지 않았다. 숨을 들이마실 때마다 자꾸 호흡과 호흡 사이의 간격이 좁아지면서 가슴이 답답해졌다. 그렇게 마음대로 되지 않는 호흡에 당황하며 수업 시작부터 예상보다 많이 비틀거리고 생각보다 많은 양의 땀을 흘렸다.

하지만 무엇보다 놀랐던 것은 '나는 숨 쉬는 법을 모르고 있다'는 발견이었다. 사람은 가진 만큼 내놓을 수 있다고 했던가. 같은 의미로 호흡 역시 충분히 들이마셔야 충분히 내뱉을 수 있다. 내 몸 밖에서 내 몫을 얻어가기 위해서는 내 안에 그만큼의 빈 공간이 있어야 한다. 이 당연한 호흡의 원리를 이제껏 아는 척만 하고 살아왔다는 생각에 수업 시간 내내 자꾸 두 눈을 끔뻑거리게 됐다. 난 누구인가. 난 내 호흡의 주체가 아닌 건가. 그럼 내 들숨과 날숨은 대체 어디에서 오는가…….

그걸 의식하다보니 한 시간 내내 긴장이 됐다. 숨 쉬는 것도 제대로 못 하는 사람이 어려운 동작들을 따라 할 수 있을까. 구석구석 관절을 깨우고, 근육을 찢을 수나 있을까. 안 그런 척 주변을 흘끗거리며 휘청대다보니 어느새 수업이 끝나 있었다. 모두가 어둠 속에 누워서 숨을 고르고 있는 시간에도 내 머릿속은 쉬지 못했다.

패배감에 푹 젖은 몸으로 집에 돌아오는 길. 어느새 차분하고 고른 숨을 내쉬고 들이마시며 걷고 있다는 게 느껴졌다. 그러던 중에 좀 아까 요가 할 때는 왜 그렇게 숨쉬기가 힘들었던 건지에 대해 어렴풋이 깨달았다.

긴장한 거다. 그 무슨 대단한 도전이라고, 낯선 요가 스튜디오에 들어간 순간 기죽은 거다. 다들 경험자들 같은데 나만 못 따라 하는 거 아니야. 엄청 노련해서 매트 까는 것부터 느낌이 다르잖아. 이런 내가 맨 앞에 앉으면 거슬리려나? 맨 뒤에 찌그러져야 하나 등…… 오만 가지 생각들이 머릿속에 가득 찬 사람이 후, 하, 후, 하에 집중할 여유가 있을 리 없었다.

언제부터인가 '새로운'이라는 말 앞에 불쑥 긴장이 된다. 얼마 전까지만 해도 새로운 사람을 만나고, 새로운 장소에 가보는 일이 삶의 낙이었는데, 이제는 그 어떤 사소한 것이라도 새로움 앞에서는 마음이 움츠러든다. 실수할 것 같아서. 잘못할 것 같아서. 나만 어설퍼 보일까봐 새로움이 주는 두근거림을 제대로 즐기지 못한다.

어느새 새로운 것이 두려운 것, 무서운 것, 다가가기 꺼려지는 것이 되어가는 느낌. 그 느낌이 싫어서 애초부터 피하다보니 일상은 점점 익숙한 헌것들로 채워진다. 그게 싫지는 않지만 가끔은 서운하다. 내가 자꾸 손때 묻은 것들에만 안정감을 느끼는 사람인 것 같아서. 아직까지도 너덜너덜해진 담요 없이는 밤에 잠도 못 자는 어린애 같아서.

이러다 아예 새로운 것을 멀리하는 사람이 되는 건 아닐까. 그러다 긴 줄의 제일 끝에 서 있는 것처럼 뒤처진 느낌을 받게 되는 건 아닐까. 아니, 결국엔 줄 서는 것조차 두려워하게 될지도 몰라…… 아니야, 아니야. 이상한 생각은 그만해. 자꾸 이상한 생각할 거면 잠이나 자라, 이 인간아.

다음 날 아침, 나는 또 요가를 하러 갔다. 그다음 날도 또 갔다. 이럴 때일수록 새것을 헌것으로 만들어보자. 이참에 낯선 것을 익숙한 것으로 바꾸어보자. 여전히 할 줄 아는 동작은 얼마 없고, 매번 어디에 매트를 깔아야 할지 망설이고, 남들은 몸을 굽히고 다리를 찢을 때 가만히 앉아서 명상하는 척하며 시간을 때우지만 새로운 요가를 길들여진 일상으로 만들어가보는 거다.

조금씩 숨 쉬는 법을 배워간다. 후…… 하는 호흡에 내 몸을 와르르 내려놓고, 흡…… 하는 호흡에 내 몫의 산소를 확보하는 연습. 그 과정을 반복하면서 심호흡이 주는 궁극의 편안함을 천천히 느껴보는 중이다. 어디 가서 '저 요가 합니다'라고 말하기에는 멋쩍은 만년 초보 요기니지만 그래도 한다. '가는 게 어디냐'라는 심보로 오늘도 요가 하러 간다.

암울이와
동네 친구들。

_____ 몇 년 전, 그나마 쥐콩만큼 남아 있던 돈도
떨어져가고 방 한 칸 얻을 보증금이랑 월세가 없어서 부모님
집에서 얹혀살던 '암울이' 시절이 있었다. 그때는 뭘 해도 시원
찮아서 전업 작가가 아닌 또 다른 직업을 찾기 위해 이리저리
두리번거렸지만 죄다 안 풀리던 시기였다. 그래서인지 늘 언짢
은 상태였다. 마흔을 앞둔 나이임에도 사춘기 청소년처럼 굴면
서 툭하면 사소한 일로 칠순 및 환갑을 넘긴 부모님에게 성질
을 내고, 친구들 앞에서 공감하기 어려운 이야기를 늘어놓으며
투덜댔다.

하지만 그때, 우울의 끝을 잡고 있으면서도 그럭저럭 버틸 수 있었던 것은 동네 친구들이 있었기 때문이다. 친구라고 해도 나보다 어린 동생들이었는데 한 명은 방송 작가 후배 지예였고, 한 명은 지예가 알음알음 친하게 지내게 되어 소개시켜준 네팔 사람(!) 수잔이었다.

두 친구는 가끔 "뭐 하십니까?"라며 불쑥 연락을 해와서, 건수만 있으면 집구석을 탈출하고 싶은 내 콧구멍에 바람을 집어넣어주었다. 같은 동네에 산다는 유대감으로 우리는 한밤에 모여 쌀국수를 먹고, 심야 영화를 연달아 보고, 새벽까지 술잔을 기울였다. 볼링도 치러 가고 곱창도 먹으러 갔다. 그렇게 놀고 집에 돌아오는 길에는 씩씩한 기운이 올라오곤 했다. '그럼, 조금만 더 버텨볼까?'

몇 년 뒤, 부모님 댁을 떠나 새로운 동네에 살게 되었다. 대부분이 만족스러웠던 그 생활에서 아쉬운 게 하나 있었다면 그 동네 친구들을 예전만큼 만날 수 없었다는 사실이다. 어느 때고 불쑥, 주말이든 평일이든 야밤이든 대낮이든 부담 없이 부르게 되던 친구들임에도 물리적인 거리 앞에서는 약속 잡는 일을 망설이게 됐다. 가끔 밤늦게 인스타그램을 뒤적이다가 동네 모처에서 모종의 모임을 갖고 있는 둘의 모습을 발견할 때마다 '아직 거기 살았다면 나도 저기 있었을 텐데'라며 입맛을 다시게 됐다. 멀어진 거리만큼 연락도 뜸해지고 얼굴을 마주할 기회도 줄어들었다.

동네 친구만이 갖는 끈끈한 정감에는 중독성이 있다. 맨얼굴에도 만날 수 있고, 만날 때마다 익숙한 걸 반복해도 질리지 않으며, 그래서인지 자꾸 찾게 되고 나도 모르게 불쑥 의지하게 된다. 특별한 일이 없어도 자주 안 보면 서운하고, 문득 되돌아보면 한없이 거대해져 있는 그 존재감에 자연스럽게 익숙해져 있다. 중학교 때부터 집에서 떨어진 학교를 다니느라 동네 친구가 없었던 나는 서른이 훌쩍 넘어서야 지예와 수잔을 통해 동네 친구의 위력을 알게 됐다. 그리고 그 매력에 단단히 빠져들었다.

그래서 일 년 뒤 다시 그들의 동네 친구가 되기로 했다. 비슷한 동네로 이사를 가기로 한 것이다. 새 마음 새 뜻으로 동네 친구가 주는 푸근함을 다시 누려보자. 한때 지지리도 궁상맞았던 시절의 나를 말없이 보듬어주고, 기꺼이 놀아주던 친구들을 다시 만나보자!

다행히 둘은 나를 반겨주었고 이제는 동네 모처가 아닌 우리 집에서 모인다. 모여서 딱히 하는 건 없다. 치킨이나 분식을 시켜 먹거나 맥주를 마시며 출구 없는 방언을 하고, 좋아하는 노래를 번갈아 들으며 조만간 놀 만한 건수는 없을지 상의하거나, 한껏 편한 자세로 앉아 예능 프로그램을 본다. 역시 텔레비전은 같이 보는 게 더 재미있다면서, 저건 왜 저러며 이건 또 왜 이러냐며 참견하다보면 어느새 훌쩍 자정이 넘어가 있다. 그들은 집으로 돌아가면서 조만간 또 놀러 오겠다는 다짐을 하고, 말뿐인 것 같지만 얼마 후면 작은 우리 집 거실에 세 사람은 모여 앉아 있다.

늦은 새벽, 친구들이 남기고 간 설거지를 하면서 콧노래를 부른다. 이제라도 동네 친구의 매력을 다시 누릴 수 있게 되어 참 좋구나. 딱히 잘 챙겨주지도, 어른스럽지도 않은 언니이자 누나임에도 찾아주고 불러주고 놀아주는 친구들이 고맙다. 이 친구들이 가까이 있는 한, 아직은 낯선 이 동네가 미워질 일은 없을 것 같다. 불쑥 암울해질 것 같은 예감이 오면 일단 이렇게 물어보면 되니까. "뭐 해?" 그러면 대부분 해결된다. 우리는 웬만하면 바쁘다거나 안 된다고 하는 경우가 없기 때문이다.

선물은 파자마.

언젠가부터 선물 고르는 일이 그다지 설레지 않는다. 물건을 구경하고 사는 게 딱히 재미있지 않고 매번 겹치지 않게 뭘 줘야 할지도 난감하다. 특히 평소에 쇼핑을 좋아하고 감각 있기로 소문난 사람일 경우는 더욱 그렇다. 뭘 사 줘도 마음에 안 들어 할 것 같고, 이미 가지고 있거나 필요 없는 물건이라 여길 것 같고, 무엇보다 그걸 고른 내 감각을 탐탁지 않게 생각하면 어쩌나 염려도 된다.

그래서 이제는 "나 이거 사 줘!"라고 대놓고 말하는 사람이 편하다. 선물을 주고받는 과정이 마치 물건 배송 및 구매 확정 같아 삭막하게 느껴질 때도 있지만 가장 안전한 방식인 것 같아서다. 단 상대방이 바라는 아이템은 내 예상 정도의 가격에, 구하기도 어렵지 않은 물건이면 좋겠다. (쓰고 보니 까다로운 내 성격이 가장 문제로구나.)

고민의 경험들을 지나 이제는 선물 고르는 데 있어 나만의 기준을 세웠다. 그건 바로 '그 사람이 안 살 것 같은 것 사 주기', 하지만 '갖게 된다면 싫지 않을 것 사 주기', 그리고 '그 물건을 통해 나를 떠올릴 수 있는 것 사 주기'다. 이렇게 설명하고 나니 더 복잡하게 느껴지지만 그저 있어 보이게 설명하느라 그랬을 뿐 간단히 말하면 주로 파자마를 선물한다.

선물하기 위한 파자마는 위에 한 벌, 아래 한 벌이 세트인 정통 파자마를 고른다. 소재는 피부에 무리가 없고 쉽게 세탁할 수 있는 면으로 하고, 치수는 그 사람의 평소 치수보다 한 치수 큰 걸로 골라서 넉넉하게 입을 수 있도록 한다. 평소에 어두운색을 즐겨 입는 사람이라면 밝은색을 고르고, 밝은색을 선호하는 사람이라면 평소 그 사람이 안 고를 것 같은 톤으로 고른다. 잠들기 전에 파자마로 갈아입으면서 조금은 나를 생각해줬으면 하는 마음을 담아 건네며 이렇게 말한다. "잠이라도 편히 자라고."

파자마 선물의 포인트는 쓸모가 크게 있지도 않지만 크게 없지도 않다는 거다. 매일 티셔츠에 반바지를 입고 자는 사람이라도 자기만을 위한 파자마 한 벌이 있으면 취침 시간이 조금 더 특별해지거나 편안해질 것이다. 하루 동안의 노고를 가만히 위로받는 느낌도 들 거다.

나 역시 몇 년 전부터 잘 때 파자마를 입기 시작하면서 비슷한 걸 느꼈다. 집에서 입는 옷을 그대로 입고 자는 것과 숙면을 위한 옷을 따로 챙겨 입는 건 맨바닥에서 자는 것과 침대에 푹 파묻혀 자는 것처럼 달랐다. 잠도 더 금방 드는 것 같았고 수면의 질도 좋아지는 느낌이었다. 게다가 파자마는 내 돈 주고 사기는 왠지 망설여져도 누군가 챙겨주면 반가운 아이템이 아닌가. 그래서 그런지 파자마 선물을 받은 열의 아홉은 배시시 웃으며 반겨주었다.

선물할 때는 짧게나마 카드나 편지를 꼭 쓴다. 왠지 멋쩍고 귀찮아서 늘 패스해왔던 카드지만 날이 갈수록 손으로 쓴 진심만큼 힘이 센 게 없다는 것을 깨닫는다. 글씨가 개발새발이고 별다른 내용이 없더라도 누군가가 손으로 써준 카드를 받을 때만큼은 온전히 사랑받고 있다는 느낌이 든다. 나 역시 그 따뜻함을 전해주고 싶어서 쓸 말을 끌어 모아서라도 몇 자 쓰는 습관을 들이고 있다.

어떤 선물을 해야 할지 고민될 때는 그 사람이 어떨 때 편안함을 느낄지 상상해보는 게 도움이 된다. 잠시나마 휴식이 될 만한 것을 선물하는 것이다. 그런 의미에서 대부분의 사람들이 자는 시간이 제일 좋다고 말하는 요즘 같은 세상에 파자마만큼 만족스러운 선물이 또 있을까 싶다. 내가 선물한 보송한 잠옷을 입고 쌔근쌔근 잠드는 그의 모습을 상상하는 것만으로도 마음이 푸근해진다. 내가 쓴 카드를 유심히 들여다보고 있을 모습을 떠올리는 것도 흐뭇하다.

얼마 전, 부모님 생신에는 대부분 현금을 드린다는 내 말에 한 외국인 친구가 크게 놀란 적이 있다. 그는 "선물을 돈으로 준다고? 부모님이 기분 나빠하지 않았어?"라고 물어봐서 나를 놀라게 했다. 많은 부모님들이 스스로 마음에 드는 물건을 사서 쓸 수 있는 현금을 좋아하신다는 말로 대화를 마무리했지만, 어쩌면 그 믿음이 나만의 착각일지도 모른다는 생각이 처음으로 들었다.

그러고 보니 언제부터 '부모님 선물은 현금'이 된 걸까. 곰곰이 생각해보니 부모님의 선물을 고른 게 언제였는지 기억이 잘 나지 않는다. 그렇다면…… 이번 부모님 생신에는 파자마를 선물해볼까? 때 되면 자식들 이불하고 베개는 바꿔주시면서 정작 당신은 오래된 이불을 몇 년째 덮고 주무시는 엄마. 입던 옷이 익숙하다며 이미 낡은 파자마를 입고 주무시는 아빠. 어쩌면 그런 두 분께 파자마 한 벌은 꼭 필요한 선물이 될 수도 있겠다. 그렇게 해야지. 올해 부모님 생신 선물은 파자마로 해야지.

어렴풋이 작은 소망이 생겼다. 나의 파자마 선물이 점점 횟수를 거듭해, 앞으로 몇 년 안에 내가 좋아하는 사람들은 모두 내가 선물한 파자마를 입고 잠을 자게 되는 것이다! 그 엽기적이면서도 깜찍한 장면을 상상해보니 나의 이 선물 습관을 관두면 안 되겠다는 생각이 든다. 그렇게 나만의 작은 파자마 왕국을 건설해야지. 그러기 위해서는 일단 나한테 내가 파자마 한 벌 선물해야겠다.

악플에 대응하는
무플。

_____ 오늘 낮. 인터넷 서점에서 사고 싶은 책을
카트에 담고 있다가 검색창에 내 책 이름을 한번 쳐봤다. 요 몇
개월 동안 책에 달린 댓글을 제대로 확인도 못 했는데 어디 한
번 읽어나볼까. 그러나 읽은 지 얼마 되지도 않았는데 서서히
심장 쪽에 무리가 왔다.

　　별로다. 공감할 수 없는 작가의 넋두리일 뿐. (k**)

그 이후 눈을 가늘게 하고 읽어본 댓글창은 대면하고 싶지 않

은 향기를 솔솔 풍겼다.

> 일기는 일기장에……. (h**)
> 돈 주고 산 걸 후회해요. (y**)
> 보노보노 이름 팔아서 한 권이라도 더 팔아보려는 개수작이네. (p***)
> 처음 사보는 에세이인데 읽고 나서 앞으로 에세이는 신중하게 사기로 했습니다. (o*)

흥부를 직접적으로 압박하는 댓글들은 읽어도 읽어도 끝이 안났다. 열에 한둘 칭찬하는 글도 있었지만 사람이란 좋은 말보다 나쁜 말을 더 가슴으로 받아들이는 경향이 있지 않은가. 찬찬히 댓글을 살펴보다가 정신 건강을 위해 당분간 인터넷 서점은 접속하지 않는 게 좋겠다는 결론을 냈다. 차곡차곡 채워둔 카트도 그냥 비워버렸다. 아이고야, 책 살 기분이 아니게 됐어요…….

작가의 글이 곧 그 사람은 아니지만, 그 사람이 아니면 또 그 글은 나올 수 없기에 내 책에 대한 댓글에는 마음을 쓰게 된다. 글이 좋다는 칭찬은 아무리 들어도 질리지 않지만, 별로라는 평가는 한 번 들어도 그 여파가 오래 남는다. 마치 나 자신을 부정당하는 느낌. 그동안 써온 글들 역시 별로라는 말을 들은 것 같아 기분이 착 가라앉는다.

맨 처음 책을 낸 십 년 전에는 더했다. 시간만 나면 검색창에 책 이름이나 내 이름을 쳐보며 자발적으로 악플을 구경하는 데 시간을 썼다. 그 시간 동안 참 많이 울적했고 '내가 글을 계속 쓰는 게 맞나?' 하는 회의가 들어 식은땀을 흘리기도 했다. 하지만 그러는 동안 사람이 다 같을 수는 없다는 것, 이렇게 생각할 수도 있겠다고 여기는 법을 배웠다.

어느새 악플에는 인이 박였다는 생각에 작년부터는 독자들을 만나는 자리에서 자진해 악플을 읽기도 했다. 인터넷 서점에 들어가 내 책 이름을 치고 그 밑에 달린 차가운 댓글들을 하나씩 소개하는 것이다. '돈이 아까운 책이다', '중고 서점에 팔 거다', '전체적으로 얄팍하다' 등의 댓글을 읽으며 화기애매한 시간을 보내기도 했는데, 즐거워하는 나와는 달리 맘 여린 독자분들은 마음 아파했다. 행사가 끝나고 나면 살짝 다가와서 이렇게 말하는 분도 있었다. "악플 그거, 이제 하지 마세요. 듣는 내내 마음이 아팠어요." 하지만 그런 과정을 통해 나는 어느새 악플에 익숙해졌다고 믿었다. 그런데 아니었다.

몇 개월 전에 SNS에서 내 책에 대한 서평을 하나 읽게 되었는데 예쁘게 찍은 책 사진 아래에는 이렇게 쓰여 있었다. '작가가 한 이야기가 실제 이야기인지 의심스럽다. 꾸며 쓴 티가 난다.' 이제껏 그 어떤 댓글에도 반응하지 않고 넘겨왔지만 이 이야기만큼은 짚고 넘어가고 싶었다. 원고를 쓰는 내내 더욱 솔직하게 쓰고 싶어서, 쓴 이야기를 엎고, 다시 쓰고, 고쳐 쓰기를 반복한 책이었기에 유난히 그 서평이 마음을 후벼 팠다.

그래서 참지 못하고 댓글을 남겼다. '제 책을 읽어주시고 이렇게 서평 남겨주셔서 감사합니다. 하지만 그 책에서 저는 어떤 이야기도 꾸며 쓴 적이 없습니다. 이 말씀만큼은 꼭 드리고 싶었어요.' 그렇게 쓰고 나서도 괜한 짓을 했나 싶어 한동안 마음이 무거웠다.

내 돈과 수고를 들여 무언가를 선택했다는 것은 일말의 권위를 부여한다. 그래서 독자들은 마음에 안 드는 책을 돈 주고 산 것을 후회하고, 시간을 들여 그 책을 읽었다는 것을 억울해한다. 그 마음을 왜 모를까. 나 역시 공들여 고른 책이 기대 이하일 때 는 실망스럽고 화도 난다. 워낙 게을러서 일부러 서평을 남기고 점수를 매기지는 않을 뿐 머릿속에는 온갖 책에 대한 별점과 벌점이 가득하다.

그래도 무언가를 만드는 사람으로서 누군가의 작품에 악플은 달지 않는다. 무플보다는 악플이 낫다는 말도 가급적 하지 않는 다. 모든 사람이 그 작품을 칭찬해줄 수는 없겠지만, 그렇다고 해서 모든 댓글이 그 사람을 성장시키거나 더 나은 창작자로 만드는 것도 아니기 때문이다. 나 역시 악플을 읽다보면 더 나 은 모습을 다짐하거나 반성하게 되기는커녕 속이 더 좁아진다. 별일 아니라고 넘기지 못하고 어느새 상처받고 마는 스스로에 게도 실망한다.

해당 인터넷 서점은 당분간 들어가지 않는 것으로 편안한 오후 의 파란을 잊어볼까 한다. 댓글에 무너지지 않기 위한 최선의 방법은 댓글을 아예 읽지 않는 것, 악플에 쿨한 척도 하지 않는 것일 테니까. 당분간 검색창에 내 책 이름을 써보는 짓도 안 하기로 마음먹었다. 더 이상 독자와의 만남에서 악플 읽기도 안 해야겠다. 나부터 댓글을 소비하지 않는 것으로 댓글에 더욱 강해져야겠다.

하지만 그런다고 강해질 것 같지 않아서 걱정이다. 실은 얼마 못 참고 쪼르르 또 댓글 확인하러 갈까봐 걱정이다.

엄마가 될 수 없을 것
같아서。

_____요즘 들어 엄마가 되는 일에 대해 자주 생각
한다. 결혼할 계획도 없고 엄마가 될 예정도 없지만 자꾸 그 생
각을 하게 되는 이유는 뭘까. 처음에는 그저 나와는 다른 인생
에 대한 호기심과 흥미 때문이라고 생각했지만 얼마 지나지 않
아 알게 됐다. 그건 내가 엄마가 될 수 없을 것 같다는 실감 때
문이었다.

어렸을 때부터 결혼에 대한 열망이 없었고, 아이를 낳아 키우는
일도 남 일이라고만 생각했다. 하지만 마음 한구석으로는 언제

든지 원하기만 하면 결혼할 수 있고, 출산과 육아도 해낼 수 있을 거라고 믿었다. 그러나 세월이 흐르면서 그 희망은 점점 불가능한 미션이 되어간다는 느낌이 든다. 문득 아이가 갖고 싶어져도 낳을 수 없을지 모른다는 생각. 이제는 아이를 안 갖는 몸이 아닌, 못 갖는 몸이 되어버렸을지도 모른다는 실감.

철저히 내 선택에 의해 현재의 삶을 살고 있다고 믿었지만 따져보면 나에게 선택의 기회가 있기는 했나 싶다. 누군가와 결혼하는 일에 대해 고민하고, 함께 아이를 갖고 낳는 일에 대해 계획하는 일은 애초부터 나에게 허락된 삶이 아니었다. 나에게는 그동안 결혼할 상대가 없었고, 아이를 낳아 기를 기회가 없었던 거다.

가끔은 내가 인생에서 경험할 수 있는 일들이 몇 갠가 빠진, 듬성듬성한 징검다리를 건너고 있는 것 같다. 모두가 똑같은 모양으로 살 필요는 없다는 걸 알면서 불쑥 상상도 해본다. 만약 몇 년 전으로 돌아간다면 지금과 다른 선택을 할 수 있을까. 그렇다면 내 인생은 달라졌을까…….

그 궁금증 때문인지 요즘은 결혼과 출산, 육아에 대한 책을 빨아들이듯 읽는다. 그거 말고는 그에 대해 알아볼 방법이 없기 때문이다. 그런데 신기한 것이 관련된 책을 자꾸 읽는 동안 마음이 말랑말랑해졌다. 사랑의 신기함, 생명의 위대함, 그리고 부모가 되는 일에 대해 예전과는 다른 시선을 갖게 된 것이다.

장강명 소설가의 『5년 만에 신혼여행』을 읽고 신혼부부 사이에서 벌어지는 묘한 힘겨루기와, 그럼에도 불구하고 화해하며 사는 삶에 대해 배웠다. 윤금정 작가의 『나는 난임이다』를 읽으며 이제껏 없었던 생명이 이 세상에 찾아온다는 것이 얼마나 힘들고 지난한 일인지를 깨닫게 됐다. 그리고 난다 작가의 『거의 정반대의 행복』을 읽으며 내가 아기 시절 받았을 무한한 사랑을 조금이나마 짐작해보며 가슴이 두근두근, 눈물이 찔끔찔끔 흘렀다.

책을 통한 간접경험을 통해, 직접 경험하지 않았다는 이유로 줄곧 관계없는 일이라고 여겨온 것들이 사실은 나와 밀접히 관련된 일이라는 걸 알게 되었다. 나 역시 두 남녀의 사랑으로 세상에 나온 사람이고, 나라는 생명을 잉태하고 탄생시키고 온전

한 사람 하나로 키우기 위해 들였을 부모님의 노력이 손에 잡힐 듯 느껴졌다. 부모가 되면 부모의 심정을 알게 된다고 하더니, 나는 소파에 누워 책을 읽으면서 알게 되는구나. 그러는 동안 또 한 번 뜨끔했다.

몇 년 전 나는 책에 아이 엄마가 된 친구와 싱글인 친구는 멀어질 수밖에 없다는 뉘앙스의 글을 강한 어조로 썼다. 실제로 그 책을 읽은 주부인 독자들에게 '이기적이다, 철없다' 등의 서평을 듣기도 했지만, 그 이야기들조차 멀게만 느껴졌다. 당시에는 나 잘난 맛에 살아가느라 나와는 다른 삶에 대해 이해할 마음이 없었으며, 내가 느낀 불편함을 드러낼 자유가 있다고 믿었다.

하지만 이제는 가능하기만 하다면 책의 그 부분을 깨끗이 오려내고 싶다. 얼마 전 다시금 책을 꺼내 읽어봤으나 얼굴이 화끈거려 끝까지 읽을 수가 없었다. 알지도 못하면서 잘난 척만 하는 오만함에 찬물이라도 끼얹고 싶은 심정. 요즘도 종종 그때의 나와 지금의 나는 얼마나 변했는지 점검해보며 자숙의 시간을 갖는다.

엄마가 될 수 없을 것 같다는 묘한 자각에 의해 읽기 시작한 책들 덕분에 생각이 늘었다. 물론 내가 느낀 감상은 실제 그 삶을 대신하기에 터무니없이 부족하다는 것을 안다. 그럼에도 그런 기회를 갖게 해준 책들에게 고맙다.

앞으로도 간접경험을 통해 몰랐던 세계에 대해 알아가고 싶다. 과거의 나에 대해 사과하는 마음으로. 미래의 나에게 미리 안심하는 심정으로. 내 일이 아니라며 등 돌려온 시간들을 만회하듯, 모르는 것들에 대해 알아가고 싶다.

잘하는 걸 해.

_____ 하루는 고등학교 교사로 일하는 친구가 보고 싶은 영화가 생겼다며 연락을 해왔다. 요새 학생들이 자주 얘기하는 영화가 있다고, 자기도 좀 챙겨보고 감성 충전 좀 해야겠다며 영화 〈한낮의 유성〉을 보러 가자고 했다. 검색해보니 포스터부터 내용까지 내 취향은 아니었지만 이런 기회가 아니면 못 볼 것 같아서 극장으로 향했다. 아니나 다를까 영화를 보는 내내 우리는 몇 번씩이나 눈빛을 교환하며 중얼거렸다.

"허억." "뭐야!" "갑자기?"

일본 영화와 만화에 단골로 등장하는 캔디 캐릭터 스즈메는 시골에서 도쿄로 전학을 와 낯선 환경에 적응하느라 고생한다. 그런 스즈메의 곁에서 든든한 버팀목이 되어주는 첫 번째 남자는 시시오. 그는 멋진 외모와 달콤한 매너를 겸비한 매력남이지만 안타깝게도 스즈메의 담임 선생님이다. 그 이후 스즈메는 새로 들어간 반에서 무뚝뚝한 성격에 여자공포증을 가진 짝꿍 마무라를 만나게 된다. 두 사람은 점점 가까워지지만 그저 친구 사이로만 머문다.

시간이 흘러 스즈메는 점점 도쿄 생활에 적응해가고 자신의 일상에 깊숙이 자리하게 된 두 남자 사이에서 방황한다. 노련하고 다정한 시시오인지, 무뚝뚝하지만 일편단심인 마무라인지, 영화가 끝날 때까지 주요 스토리는 그에 대한 고민으로 채워진다.

짤막한 줄거리만으로도 순정 만화의 기본기가 잘 갖추어져 있는 영화였으나 우리를 놀라게 한 건 내용이 아닌, 시도 때도 없이 나타나는 달콤하고도 느끼한 장면들이었다. 가만히 대화를 나누던 두 남녀 사이에 갑자기 반딧불이 날아다니고, 잘 걷던 여자가 갑자기 넘어진다. 침묵을 이어가던 남녀의 시선이 갑자기 엉키고, 서로를 쳐다보던 남자 둘이 갑자기 멱살을 잡는다…… 그 모든 '갑자기'에서 관객들은 불쑥불쑥 올라오는 닭살을 느끼면서도 어느새 몰입하게 된다. 그러는 동안 궁금해졌다. 이 모든 걸 만든 사람은 대체 누구일까. 작금의 시대에 이런 아날로그적 감성으로 가득한 영화를 만들기로 결심한 감독은 대체 누구인가.

그의 이름은 신조 다케히코라고 했다. 그의 필모그래피를 검색하다보니 금세 '아~' 하고 납득이 됐다. 그도 그럴 것이 그의 전작은 소꿉친구의 죽음을 잊지 못한 남녀의 러브 스토리 〈깨끗하고 연약한〉, 패션을 둘러싼 청소년들의 꿈과 열정을 담은 〈파라다이스 키스〉, 짝사랑과 이별과 엇갈린 사랑으로 점철된 로맨틱 드라마 〈다만, 널 사랑하고 있어〉 등이었다. 궤를 같이하는 수많은 작품들을 넘겨 보다보니 이 영화가 괜히 나온 게 아니구나 싶었다. 그렇구나. 사람은 역시 잘하는 게 따로 있구나. 이 사람은 줄곧 자기가 잘하는 걸 계속하고 있구나.

며칠 전, 방송 작가 시절에 함께 일하던 언니를 만났다. 코미디 프로그램, 시트콤을 거쳐 지금은 드라마 작가로 활동하고 있는 언니는 내가 맨 처음 코미디를 써보겠다며 용을 쓸 때 곁에서 냉철한 조언을 해준 사람이었다. 그 이후에도 많은 걸 배워오며 마음으로 존경하는 선배이기에 만나면 글과 일에 대한 이야기를 부쩍 자주 꺼내놓게 된다. 그날 나는 새로 준비하고 있는 책 때문에 머리가 복잡한 상태였다. 독자들이 원하는 글을 써야 하는지, 내가 진짜 써보고 싶은 글을 써야 하는지 원고를 쓰면서도 석연치가 않아 계속 고민이 됐다.

글 쓰는 게 직업인 사람으로서 늘 새로운 시도를 해보고 싶다. 설령 그게 독자들에게 큰 사랑을 받지 못하더라도 이제껏 써온 글과는 다른 걸 써보고 싶다. 그동안은 공감 가는 글, 편안한 글, 일상적인 글을 주로 써왔지만 마음속에는 늘 더 날카로운 글을 써야 한다는 강박관념이 있었다. 하루하루 벌어지는 작은 일 말고 뭔가 더 대단하고 있어 보이는 글, 남들이 '와, 이런 어려운 글도 쓸 줄 알아?' 하고 감탄할 만한 글을 쓰고 싶었다.

그래서 새 책을 준비할 때마다 이제껏 쓴 적 없는 글을 쓰고 말겠다는 다짐을 하게 됐다. 그러면서도 이게 맞는 건가 싶었다. 내가 할 수 있는 건 따로 있는데. 내가 가지지 못한, 아니면 하지 못할 무언가를 자꾸 좇고 있다는 생각 때문이었다. 이런 게 욕심이 아니면 뭔가. 허세가 아니면 또 뭔가. 정리 안 되는 이야기를 늘어놓던 나에게 언니는 이런 말을 했다.

"나는 이제껏 코믹 드라마나 로맨틱 코미디만 써왔잖아. 그런데 정작 내가 즐겨 보고 좋아하는 장르는 추리, 범죄물이고. 그러다보니 이제껏 해왔던 코미디나 로코 이런 거 말고, 범죄 수사물 같은 걸 써보고 싶은 거야. 그런 장르가 좋아서 자꾸 보다보니까 점점 잘할 수 있을 거 같더라고. 근데, 내가 좋아하는 거랑 잘하는 건 다르더라. 나는 범죄물을 좋아는 하지만 잘하지는 못해. 보는 거랑 하는 건 다르잖아. 내가 코미디를 보는 걸 예전만큼 좋아하지는 않더라도 잘하는 건 그거더라고. 벌써 이십 년을 해왔으니까."

여전히 고민 중인 나와는 다르게 언니는 그동안 해왔던 것들에 집중할 거라고 했다. 달달하고, 느끼하고, 그러면서도 이상하게 마음을 간질이는 영화를 줄곧 만들어온 신조 감독처럼, 언니 역시 당분간은 로맨틱 코미디 하나만 파보기로 했다고 말했다. 요 몇 년간 언니가 다른 장르에 도전하기 위해 얼마나 많은 공을 들여왔는지 알고 있었기에 그 결정이 놀라웠지만, 그만큼 언니의 말은 설득력 있게 다가왔다. 헤어질 때 언니는 이런 말을 했다.

"너가 잘하는 거 해. 잘할 거 같은 거 말고 잘하는 거 해. 잘하는 게 있는 것도 어려운 거다? 잘하는 거 잘되는 것도 어려운 거고."

내가 잘하는 것? 사실 나는 그 질문에 대한 답을 찾지 못해서 같은 고민을 반복하고 있는 건데. 뚝심 있게 이 길이 내 길이라고, 내가 써야 하는 건 이런 이야기라고 확신하지 못해서 여기저기 기웃거리고 있는데. 언니나 신조 감독을 보면 자기가 뭘 잘하는지 정확히 알고 있는 것 같은데 나는 왜 아직도 모를까.

언니랑 헤어지고 집으로 오는 길, 봄바람을 맞으며 천천히 걸었다. 거리를 걷는 모르는 사람들에게도 각자 하나씩 잘하는 게 있을 것이다. 하지만 어쩌면 그들도 정작 자기가 뭘 잘하는지는 모르고 있을 것이다. 그 생각을 하니 문득 머릿속으로 시원한 바람이 불었다.

아, 어쩌면 다들 나처럼 방황하고 있을지도 몰라. 남들한테는 보이는 게 정작 스스로에게는 안 보이는 법이니까. 그러니까 나 역시 그런 걸지도 몰라. 내일은 일단 오늘 언니랑 나눈 이야기에 대해 써봐야겠다. 그렇게 작은 계획을 세우고 나니 마음이 조금 가벼워졌다.

그러고 다음 날 쓴 글이 이 글이랍니다.

아빠랑
다시 시작하기.

어렸을 때부터 나는 아빠와 사이가 별로였다. 사이가 나빴다기보다는 어색했다고 말하는 게 맞는 것 같다. 연년생인 언니는 늘 공부를 잘했고, 똑 부러지고 얼굴도 예뻐서 어딜 가나 사랑을 받았지만 그에 비해 나는 천덕꾸러기 신세였다. 잘하는 것도 없고 성격도 무뚝뚝하고 사랑스러운 생김을 한 것도 아니어서 집에서도 비슷한 취급을 받았던 걸로 (내 멋대로) 기억한다.

그래서 줄곧 아빠를 떠올리면 좀 억울한 기분이 들었다. 아빠가 언니만 좋아하는 것 같아서였다. 언니랑 내가 싸우면 아빠는 나를 혼냈다. 되돌아보면 다 내 잘못이었는데 그때는 내가 뭘 잘못했는지를 생각하기보다 왜 나만 혼내나를 생각하는 나이였기에 속으로 불만이 많았다. 그래서 나에게는 엄격하고 언니에게는 관대해 보이는 아빠가 좀처럼 좋아지지 않았다.

사춘기가 되고 나서는 더했다. 부모님 두 분은 생계를 위해 바쁘셨는데, 엄마는 돈도 벌고 집안일도 하고 우리도 챙기느라 여력이 없어 보였지만 아빠는 안 그래 보였다. 그래서 아빠는 점점 더 미운 사람이 됐다. 엄마를 고생시키는 사람, 그러느라 우리 가족 모두에게 믿음직스럽지 않은 존재. 그런 원망이 차곡차곡 자라나서 대학 갈 때까지 아빠와 살가운 대화 한 번 제대로 나눈 적이 없다.

하지만 요즘 들어 깨닫는 건, 나는 엄마보다 아빠와 더 잘 맞는다는 사실이다. 어렸을 때, 아빠는 고집 세고 화 잘 내고 무뚝뚝한 사람이라고만 생각했는데 어른이 되고 나서 알게 된 아빠의 성격은 그동안 알고 있던 것과 달랐다. 커서 새삼 느낀 아빠의 성격을 한번 적어보았다. 적어놓고 보니 아빠는 나라는 사람보다 장점을 훨씬 많이 갖고 계신 분이라는 걸 깨닫고 말았다.

1. 잔소리를 안 하신다.
2. 성실하고 부지런하시다.
3. 윗사람에게 늘 공손하시다.
4. 작은 일에 감동하고 행복해하신다.
5. (가족을 포함해) 다른 사람의 사생활을 존중하신다.
6. 유머의 힘을 아신다.

몇 년 전 문득, 아빠와 나의 어색한 관계를 떠올리다가 울컥 미안한 마음이 들었다. 그동안 아빠를 오해했던 것 같아서, 나한테 하지도 않은 잘못까지 상상해가며 모질게 군 것 같아서였다. 그리고 아빠와 가깝게 보낼 수 있는 시간이 점점 줄어들고 있다는 사실이 느껴져서 멀어진 사이를 조금이라도 좁혀보고 싶었다. 그러면서 느꼈다. 아, 나도 이렇게 나이를 먹어가는 건가.

그래서 언젠가부터 일부러 집에 전화도 걸고, 가끔 갈 때마다 이것저것 아빠가 좋아하실 만한 것을 사 들고 가고, 저녁 밥상에서는 막걸리를 따라드리며 사소한 대화라도 해보려고 했다.

이미 자연스럽게 잘해내는 다른 집 자식들과는 다르게 아직까지 어색하기 짝이 없지만 그래도 계속 시도하는 중이다. 그동안 아빠에 대해 혼자 판단하고 차갑게 군 시간이 너무 길어서 그렇게라도 하지 않으면 이다음에 더 많이 후회할 것 같아서다.

아빠는 하루하루 나이를 먹는다. 나 역시 그렇다. 하지만 아빠가 나의 아빠라는 것, 내가 아빠의 딸이라는 사실에는 변함이 없다. 적어도 내가 어렸을 때, 아빠는 나에게 좋은 아빠가 아니었고 나 역시 아빠에게 좋은 딸이 아니었다. 하지만 이제는 안다. 아빠는 나에게 좋은 아빠라는 것을. 그러니 이제는 내가 아빠에게 좋은 딸이 될 차례다.

그래서 나는 요즘도 할 말이 딱히 없어도 아빠한테 전화를 건다. 할 만한 이야기를 끌어 모아서라도 꾸역꾸역 대화를 나눈다. 전화를 끊을 때마다 아빠는 꼭 이렇게 말씀하신다. "고마워."

솔직함이라는
방어막.

_____ 오랜만에 친구와 만나고 집으로 돌아오는
길. 극심한 피로감에 눈꺼풀이 점점 무거워졌다. 유난히 말을
많이 한 날에 이렇게 피곤함을 느끼곤 했는데 오늘은 딱히 한
말도 없으면서 왜 이런 거지? 컨디션이 안 좋은가 싶어 그날은
그저 일찍 잠을 청했지만 며칠 뒤 이유를 알게 됐다.

"가만히 보면 남들은 물어보지 않는 것에 대해서는 이야기를
안 하더라고요. 그런데 저는 안 물어봐도 먼저 이야기를 하고
있더라고요."

십 년 전에 트위터로 만나 이제는 일 년에 한두 번 꼭 만나는 친구 효진 쌤이 얼마 전 이런 이야기를 했다. 요즘 들어, 그동안 자기 마음이 힘들다는 이유로 남에게 안 해도 될 말을 계속하고 있었던 건 아닌지를 되돌아보게 된다고. 다른 사람들은 누가 물어볼 경우에만 꺼내는 이야기를 자신은 자진해서 털어놓는 걸 깨닫게 되었다고. 어쩌면 그런 자신 때문에 주변 사람들에게 본의 아니게 스트레스를 전하고 있었던 건 아닌지 반성하게 된다고 했다. 그 말을 듣고 뜨끔했다. 아, 나도 그랬는데 싶어서.

솔직함의 경계는 어디서부터 어디까지일까. 단순히 그때그때 느끼는 감정에 충실하고, 그걸 상대에게 전하는 일을 솔직함이라고 여기며 살고 있지만 모든 사람이 솔직함에 대해 같은 생각을 갖고 있지 않다는 사실을 종종 깨닫는다. 무엇이든 털어놓는 것이 솔직함이라고 믿으면서도, 누군가의 솔직함에 질식당할 것 같을 때가 있다. 차라리 말을 안 하는 게 나을 때도 있다. 하지만 나는 늘 솔직함을 무기로 안 해도 될 말을 하고, 물어보지 않은 것들까지 전달하려 애썼다. 과연 그게 진짜 솔직함일까.

며칠 전에 느낀 피로감도 비슷한 거였다. 친구는 만날 때마다 마치 내가 자신의 모든 정보를 궁금해하는 사람인 것처럼 더 많은 것을 이야기해주고 싶어 했다. 만날 때마다 알아서 자신에 대해 업데이트를 해주기 때문에 가만히 고개를 끄덕이기만 하면 되었는데, 그 시간이 묘하게 고문처럼 느껴질 때가 있었다.

굳이 말하지 않아도 될 것 같은 기분들과 요 근래 벌어진 사소한 일들까지…… 스스로조차 결코 이해하기 어려울 감정들을 줄줄이 털어놓는 친구 덕분에 친구의 요즘에 대해 자세히 알게 되긴 했지만 그만큼 마음이 무거워졌다. 친구가 미처 해소하지 못한 과제들이 그대로 옮겨와서 고스란히 내 숙제로 남는 느낌이었다. 그런데 나 역시 비슷하게 살고 있었던 거다.

얼마 전 한 친구와 통화를 하던 중에 그가 이런 말을 했다. "나, 가끔 네 솔직함에 당황스러웠던 적이 있어." 그 말에 놀라 말수가 줄어든 나에게 친구는 "그런데 그 솔직함이 싫지는 않아"라고 덧붙였지만 멋쩍음은 쉬이 가시지 않았다. 하지만 언제 그런 걸 느꼈느냐고 꼬치꼬치 캐물어가며 또 한 번의 솔직함을 강요할 수는 없다는 생각에 말했다. "앞으로 내 솔직함이 불편하다고 느껴지면 꼭 이야기해줘." 친구는 웃으면서 알았다고 했지

만, 그날 내가 가진 솔직함이 누군가에게는 부담으로 느껴질 수
도 있겠다는 생각을 처음으로 했다.

그러면서도 자꾸 집착하게 되는 이유는 뭘까. 왜 다른 사람에게
도 늘 솔직함을 강요하고 마는 걸까. 안 해도 될 말까지 꺼내며
나의 무해함을 드러내 보이고 싶어 할까. 그동안 나는 솔직함을
무기로 사용해온 것은 아닐까. 나는 이렇게 솔직해요. 그러니까
당신도 솔직해지세요. 거짓말하지 말아주세요. 부디 상처 주지
마세요…… 아무도 물어보지 않은 진심을 상대에게 퍼부으면
서 나의 결백함, 무해함, 연약함을 드러내고 있었던 건 아닌지.
상대방도 나와 같기를 강요하고 있었던 것은 아닌지.

솔직한 사람은 좋은 사람이라는 생각. 어쩌면 그 생각부터 잘못
되었는지 모른다. 그동안 나는 내 마음과 의도를 오해 없이 전
달하고 납득시키는 일에 전전긍긍해왔지만, 따지고 보면 내 진
심이라는 거 나 말고 다른 누구한테 뭐가 중요할까 싶다. 설명
하고 싶은 일일수록 설명이 안 되는 경우가 있다. 차라리 침묵
이 나을 때가 있다. 대답 없음이 가장 적절한 대답일 때도 있다.

그날 밤은 생각에 생각이 꼬리를 물어 잠이 안 왔다. '나는 솔직한 사람'이라는 주장으로 그동안 얼마나 많은 방어막을 치며 살아온 걸까. 반대로 그만큼 얼마나 많은 것들에 의심을 품고 지내온 걸까. 이제는 뭐든 이야기하고, 뭐든 들으려 하기 전에 먼저 따져봐야겠다. 누군가의 침묵에 담긴 의미에 대해, 차마 말하지 못하는 것들에 대해.

한참 휴대폰을 만지작거리다가 얼마 전 내가 인스타그램에 올린 글을 봤다.

> 자신이 어떤 사람인지 줄기차게 주장하는 사람일수록 자신에 대해 모른다.
> 정체성은 우겨서 얻게 되는 것이 아니다. 말하지 않아도 묻어나는 것이다.

아이고, 이제야 조금 알겠다. 솔직함 역시 우겨서 얻게 되는 것이 아니다. 말하지 않아도 저절로 묻어나는 것이다.

안 써요,

미래 일기.

_____ 반복되는 잔걱정, 몰려드는 불안감에 대한 이야기를 친구들과 나누다 문득 궁금해졌다. 나는 평소 작은 일에 취약한 사람인가? 아니면 큰일에 취약한 사람인가? 생각해보니 작은 일에 더 취약한 사람인 것 같다. 매일 사소한 일로 걱정하고 불안해하지만, 정작 큰일이 닥치면 머릿속이 맑아지고 단순해진다. 이미 벌어진 큰일 앞에서는 그저 '해결해야지'라는 생각이 더 커진다. 나 말고도 많은 사람들이 비슷하지 않을까.

대부분의 비극은 머릿속에서 일어난다. 그 몹쓸 상상력 때문에 잠을 설치고 미리부터 걱정하느라 긴 시간을 보낸다. 하지만 상상한 것만큼의 심각한 일, 걱정한 것만큼의 큰일은 웬만해서 일어나지 않는다는 걸 그동안의 경험을 통해 알고 있다. 그러면서도 걱정하고 불안해하기를 멈추지 못하는 이유는 그 작업을 통해 최악의 상황을 상상해놓고, 결과가 그만큼은 안 되기를 바라기 때문이다. 아이러니하게도 그러한 걱정과 불안 때문에 우리는 죽지 않고 살아 있을 수 있다.

실제로 미리 생각하고 불안해하는 것은 비극에 대한 면역력을 높여준다. 큰일이 닥쳤을 때도 신속한 해결 방법을 강구하게 해준다. 사실 불안의 효력은 과학적으로도 증명된 바 있다. 아무런 불안을 느끼지 못한다면 우리는 생존할 수 없다. 불안감이 있기 때문에 위험으로부터 스스로를 보호할 수 있고, 위급한 상황에 대비할 수 있다. 우리에게 아무런 두려움이 없다면 왕복으로 차가 왔다 갔다 하는 찻길을 아무렇지도 않게 건널 것이고, 고층 빌딩 꼭대기에서 아래를 내려다보면서 오싹함을 느끼지도 않을 것이다. 불안과 두려움은 우리를 살게 하고, 위험으로부터 스스로를 지키게 만든다.

하지만 잔걱정 때문에 일상이 피곤해지는 건 다른 얘기다. 걱정은 삶을 거들 뿐 삶을 방해해서는 안 되기 때문이다. 그래서 강박 장애나 불안 장애를 판단하는 가장 큰 기준은 불안과 강박으로 인해 일상생활과 생명에 지장을 받는지의 여부다. 만에 하나 일어날지도 모를 화재를 걱정하느라 하루에 몇 번씩 가스 밸브를 확인하는 사람이 있다고 치자. 하지만 그가 그 행동을 반복하면서도 정상적으로 출근하거나 끼니를 챙겨 먹는 등 일상생활과 생명에 지장을 받지 않는다면 그는 조금 유난스러운 습관을 가진 사람일 뿐이다. 하지만 가스 밸브를 확인하느라 할 일을 못 하고, 기본적인 일상생활마저 지장을 받거나 생명에 위협이 가해진다면 그것이야말로 성향이나 습관이 아닌 장애로 분류될 수도 있다.

이 사실을 알게 된 이후로 걱정하고 불안해하는 습관에 대해 심각하게 생각하지 않게 됐다. 불안해하고 걱정하는 것은 다 스스로를 지키기 위한 일이라 여기고, 일상생활에 지장을 받지 않을 정도라면 충분히 걱정하고 불안해하기로 했다. 그 시간을 통해 최악의 시나리오를 써보면서 부디 그 시나리오만큼만 되지 않기를 바라게 됐다.

그랬더니 점점 잔걱정이 줄어드는 아이러니라니. 걱정을 대놓고 했더니 오히려 걱정이 없어지는 신기함이라니. 예전에 한 고등학교에서 건물 공사를 진행하면서 안전상의 이유로 학생들에게 늦게 등교할 것을 전달했더니 오히려 학생들이 학교에 일찍 오더라는 내용을 트위터에서 읽은 적이 있는데, 이게 딱 그런 건가 싶다. 게다가 아무리 걱정하고 불안해해봤자 소용없는 일이 세상에는 너무 많지 않은가. 맘 편하게 쉬고 놀기에도 뇌와 마음의 용량이 부족할 정도인데 그 일상을 잔걱정으로 채우다니, 어쩐지 비효율적이라는 생각이 든다.

마음은 액체다. 가고 싶은 대로 흐른다. 한 방향으로 흐르는 것 같다가 역행하기도 하고 넘치기도, 말라버리기도 한다. 때로는 당장이라도 데일 듯 뜨겁다가 한순간에 얼어붙기도 한다. 그렇게 어디로 갈지, 어떻게 될지 모를 마음의 흐름을 간수하는 방법은 딱히 없다. 그럴 때는 그저 이런 기도를 하게 된다.

'상황을 있는 그대로 보게 해주세요.'

대부분의 불안과 걱정이 혼자 만드는 상상과 이야기 때문에 더 거대해진다. 일어나지도 않은 일을 걱정하고, 벌어진 적 없는 일을 상상하느라 잠을 설치고 머리를 싸매는 부지런함은 그만 사양하고 싶다. 적어도 상황을 있는 그대로만 본다면, 미리부터 염려하고 짐작하는 건 불필요한 과정이 되지 않을까.

그래서 이제는 가급적 미래 일기를 쓰지 않기로 했다. 오늘 일기도 안 쓰는데 무슨 내일 일기까지 쓰느라 미리 걱정하고 염려하나 싶어서. 자꾸만 고갈되어가는 에너지를 생각해서라도 내일 할 걱정을 미리 당겨쓰지 않기로 했다. 내일 할 일을 내일로 미루는 것처럼 내일 걱정도 내일로 미뤄보는 것. 처음이 어렵지 하다보면 익숙해질지도 모른다.

십 년 만의 파리.

                     십 년 만에 파리에 다녀왔다. 지예가 갑자기
열흘 동안의 휴가를 얻게 되어서 같이 어디라도 가자며 궁리하
던 끝에 유럽에 가기로 했다. 열흘밖에 없으니 너무 욕심부리지
말고 암스테르담과 파리만 다녀오기로 정했다. 암스테르담은
처음이었고 파리는 세 번째였다.

사실 나는 파리를 그리 좋아하지 않는다. 첫 번째 갔을 땐 별로
였고 두 번째는 괜찮았지만 다시 가고 싶은 곳은 아니었다. 둘
다 혼자 한 여행이었는데 사람들은 대체적으로 쌀쌀맞고, 길거

리는 대부분 지저분하고 딱히 마음을 움직이는 것들도 많지 않았다. 하지만 같은 이유로 다시 한 번 가보고 싶었다. 십 년 동안 나는 얼마나 변했을지, 파리는 또 얼마나 달라졌을지 궁금했다.

결론부터 말하면, 세 번째 파리는 나에게 다른 모습을 보여주었다. 그 여행을 마치고 또 한 번 파리에 와야겠다는 다짐을 했다. 갑자기 마음이 바뀐 이유는 딱 하나다. 이번 여행에는 모든 것을 나눌 동행이 있었기 때문이다.

십 년 전 파리에서는 날씨가 추워도 춥다고 말할 사람이 없었다. 옷깃을 여미고 어깨를 잔뜩 웅크린 채 빨리 걷는 게 다였다. 비가 오면 갑자기 왜 비가 오냐고 물어볼 사람이 없었다. 두리번거리며 우산 파는 데를 찾거나 눈앞에 보이는 카페에 들어가 멍하니 앉아 외롭다는 생각을 했다. 우연히 들어간 레스토랑 웨이터가 불친절하면 저 사람 왜 저러냐고 투덜댈 사람이 없었다. 그 불친절을 고스란히 받고 미간을 찌푸리면서 '내가 이러려고 파리에 왔나' 하는 자괴감이 들었다.

하지만 십 년 전의 경험을 십 년 후 똑같이 하면서도 이제는 옆에 같이 이야기할 수 있는 사람이 있었다. 추우면 춥다고, 배가 고프면 배고프다고, 갑자기 비가 오면 왜 비가 오고 난리냐고, 이상한 사람을 만나면 왜 저러냐고 말할 사람이 있었다. 그것만 으로도 충분했다. 내가 느끼고 있는 감정을 나눌 사람이 있다는 것, 좋으면 좋은 대로 싫으면 싫은 대로 그걸 그대로 털어놓고 공감할 수 있는 사람이 있다는 것이 같은 장소를 다르게 만들 었다.

열차를 잘못 타고, 가방을 잃어버리고 나서도 우리는 웃었다. 마음에 안 드는 숙소 주인을 만나도 뒤에서 수군대는 걸로 털 어버렸다. 길을 잃는 것 따위는 아무 일도 아니었으며, 밤길이 무서워도 서로 어깨를 나란히 하고 종종걸음을 걸을 수 있었다. 십 년 전에는 그럴 수가 없었는데, 그래서 외롭고 서글펐는데 이제는 모든 게 웃을 일이었다.

하루는 숙소 주인에게 항의 메시지를 쓰겠다며 식당에서 지예 와 머리를 맞대고 앉아 영어 작문을 했다. 파리에서는 밤 아홉 시가 지나면 슈퍼마켓에서 술을 팔지 않았기에 어느 날 밤 여 덟 시 사십육 분에 헐레벌떡 뛰어나가 와인과 안주를 구해 왔다. 어떤 날은 인생 사진을 찍어주겠다며 휴대폰을 쥔 채 땅바닥에 드러누웠고, 거의 매일 늘어가는 짐을 쳐다보며 한숨을 쉬다가도 다음 날이면 또 뭔가를 사들였다. 이 모든 시간을 함께해준 지예에게 고맙다. 저질 체력에다 길치에다 게으르기까지 한 사람을 이리저리 끌고 다니느라 지예가 참 고생이 많았다.

진짜 여행은 혼자 하는 여행이라는 말을 가끔 듣는다. 하지만 진짜 여행의 의미는 사람에 따라 다를 것이다. 결국 여행은 자기에게 가장 잘 맞는 여행이 무엇인지를 발견해나가는 과정이라고 믿는다. 나 역시 여행을 통해 알게 됐다. 나는 누군가와 함께하는 여행이 더 맞는 사람이라는 것을. 그래서 이제는 혼자가 아닌 누군가와 함께 여행하고 싶다는 것을. 실컷 투덜거리고 그만큼 깔깔거리면서 내가 느끼는 것들을 나누고 또 공감받고 싶다.

시간이 지날수록 연약해진다. 틈만 나면 서글퍼지고, 마음이 쓸쓸해지고 사소한 일에도 풀썩 꺾인다. 그럼에도 불구하고 버틸 수 있는 것은 나는 이렇게 약하고 별 볼 일 없는 사람이라고 털어놓을 수 있는 누군가가 곁에 있기 때문이다. 그렇게라도 말하고 나면 마음이 괜찮아진다. 그래서 우리에게는 싫은 걸 싫다고, 좋은 걸 좋다고 이야기할 수 있는 누군가가 필요하다. 그런 사람이 하나만 있어도 하루를 더 살 수 있는 것이다.

여행을 떠나서도 마찬가지다. 당장 집으로 돌아가고 싶은 순간에도, 곁에 있는 사람을 보면서 다시금 무거운 짐을 짊어지게 된다. 여행에서의 동행은 나침반이자 지도다. 나를 걷게 하고 헤매게 하지 않으며, 길을 잃어도 다시 시작할 수 있다고 믿게 만드는 존재다.

만약 십 년 후에 파리에 가게 된다면 또 다른 생각을 하게 될지도 모르겠다. 그래서 또 한 번 가보고 싶다. 그때 내 옆에는 누가 있을지, 아니면 혼자일지 알 수 없지만 '십 년 후에 파리 가기'라는 희망사항만큼은 마음 한구석에 품고 살고 싶다. 아니, 그 전에 지예랑 또 한 번 여행을 가고 싶다. 하지만 과연 지예도 그럴까. 나랑 또 여행을 가고 싶을까? 생각할수록 자꾸 자신이 없어지는데…….

감정은 느끼는 것,
상처는 드러내는 것.

_____ 얼마 전부터 심리 상담을 받고 있다. 요 근래 개인적으로 실망스러운 일, 마음 무거워지는 일을 겪고 나서 나에 대해 알아보고, 그만큼 더 편안해지기 위해 전문가의 도움을 받기로 했다. 다행히 동네에 있는 상담 센터를 건너건너 소개받아서 일주일에 한 번, 오십 분씩 상담사 선생님과 이야기를 나누고 있다.

맨 처음 상담을 시작한 날, 낯선 공간에서 낯선 분과 만나 요즘의 나에 대해 이야기하며 조금 울었던 기억이 난다. 친구 이야기, 가족 이야기, 일 이야기, 자꾸 드는 생각들과 감정들…… 정리 안 되는 이야기를 한껏 풀어놓고 집으로 돌아오는 길에 이런 생각을 했다. '아, 나는 내 이야기를 들어주는 사람이 필요했구나.' 모르는 사람 앞에서 내 속을 드러내고 아무에게도 못 했던 이야기를 쏟아내고 나니, 어느새 마음의 무게가 반으로 쑥 줄어든 것 같았다.

그날 밤 TV를 보는데 예능 프로그램에서 한 연예인이 이런 말을 했다. "상처는 내봐야 낫는 것 같아요." 와. 그 말을 듣는데 소름이 돋으면서 가슴 한쪽이 막 두근거리더니 저절로 고개가 끄덕여졌다. 상처를 품은 모든 사람들에게 용기를 건네는 듯한 한마디에 마음에 생긴 멍이 조금 옅어지는 느낌이 들었달까. 그래서 다짐했다. 꾸준히 상담받아보자. 조바심 내지 말고 일단 계속해보자.

"그럴 땐 기분이 어떤가요?"

상담사 선생님께서는 자주 이 질문을 하신다. 처음에는 질문에 대한 답을 찾기 위해 이 말도 하고 저 말도 해보았지만 내가 어떤 말을 해도 다시 똑같은 질문을 던지셨다. "그럴 때 어떤 기분이 들었나요?"

이 질문에는 어떻게 대답하는 게 맞는 걸까. "무엇무엇이라고 생각해요"라고 대답했더니 또 한 번 같은 질문이 날아들었다. "무엇무엇인 것 같아요"라고 대답해도 마찬가지였다. 모든 걸 내려놓고(!) 단순하게 "슬펐어요" 또는 "화가 났어요" 그도 아니면 "편안했어요"라고 대답하니 선생님은 그때서야 고개를 끄덕이셨다. 지극히 유아적이고 단순하게만 느껴지는 이런 말들이 바로 감정을 표현하는 말이었기 때문이다.

선생님이 나에게 같은 질문을 반복했던 이유는, 내가 자꾸 감정에 대해 설명하고 정의 내리려 했기 때문이었다. 감정에 대한 질문에는 감정으로 대답해야 한다. 어떠어떠한 생각이나 느낌을 말하는 것이 아니라 그때의 감정이 어땠는지 느껴보아야 한다. 나는 분명 내 감정에 대해 이야기하고 있다고 믿었지만 그 대부분이 생각이나 의견이었다는 것을 깨닫고, 정답을 자꾸 틀리는 학생처럼 마음이 불편해졌다. 그러면서 느꼈다. '아, 나는 내 감정을 모르고 있구나. 감정을 표현하는 일에도 익숙하지 않

구나. 아니, 감정이라는 게 뭔지도 잘 모르는구나.'

낯선 기분에 사로잡힐 때 우리는 그 감정을 무시하려 애쓴다. 별일 아닌 거라고, 금방 좋아질 거라고 다독이거나 또 다른 할 거리를 만들어 집중하면서 찜찜함을 날려버리려고 한다. 나도 그랬다. 그럼으로써 내 감정으로부터 도망치려고 했다. 하지만 그 과정에서 우리의 진짜 감정은 점점 희미해진다. 그 감정에 대해 이성적으로 판단하거나 결론 내린 '생각'만이 남는다.

그렇게 내 안에서 묵은 감정들은 점점 상처로 변한다. 처음에는 별것 아니라고 여겼던 일들이 나중에는 나만의 '자동 스위치' 가 되어, 시도 때도 없이 눌리면서 언제든 분노하고 화내고 상처받을 준비가 된 사람을 만든다. 꽤 오랜 시간 사소한 일에 울컥하고 억울해하고 눈물을 흘려온 나처럼, 스스로의 감정에 사로잡혀 고민하고 자책하는 동안 더욱 나의 감정과 담을 쌓게 된다.

우리는 스스로의 감정을 컨트롤할 수 있다고 생각하지만 그렇지 않다. 감정에 대해서 우리가 할 수 있는 가장 최고의 대응은 그저 느끼고 받아들이는 일이다.

독일의 심리치료학자 안드레아스 크누프는 그의 책에서 '감정
을 통제하려는 것은 날씨와 싸우는 일만큼이나 어리석은 헛수
고'라고 말하며, 그때그때 감정을 온전히 느끼고 받아들이는 일
의 중요성에 대해 이렇게 썼다.

　감정을 제때, 제대로 느끼지 못하면 그 감정은 우리 안에 계
　속해서 쌓인다. 꺼지지 않은 알람이 계속해서 울리는 것처
　럼 느끼지 못한 감정은 여전히 내면의 서랍장에 보관된다.
　실제로 많은 사람들이 이러한 경험을 일상적으로 겪으며
　살아간다. '난 아직도 그때의 괴로움을 극복하지 못했어요'
　'내 안에는 당시 감정이 그대로 남아 있답니다'와 같은 말
　이 그러하다. 고통스러운 사건은 이십 년 전에 모두 끝났지
　만 그때의 감정은 여전히 내 안에 머문다. 당시의 상황을
　떠올리는 것만으로 그 감정은 새롭게 살아난다. 하지만 그
　감정은 현재의 상황에서 비롯된 것이 아니라 기억의 서랍
　속에 도사리고 있던 과거의 것이다. 따라서 감정이 생겨나
　는 즉시 그 감정을 허락하고 마음껏 느끼는 것이 중요하다.

우리의 감정이 마치 세금 고지서와 같다고 생각하라. 세금을 내기 싫어 아무리 미루어봤자 우리는 결국 세금을 내야 한다!

안드레아스 크누프, 『내 감정이 버거운 나에게』 (북클라우드, 2018)

나의 상담사 선생님 역시 부쩍 미래에 대한 걱정, 과거에 대한 후회를 반복하게 된다는 내 말에 이런 말씀을 하신 적이 있다. "어떤 상황이나 감정에 대해 후회하고, 자책하고, 죄책감을 갖거나 곱씹어 생각하는 것은 문제 해결에 아무런 도움이 되지 않아요. 오히려 그 문제로부터 멀어지게 만들지요. 왜냐하면 문제에 대해 고민하고 생각하는 시간이 너무 괴로워서, 그 괴로움만으로 내가 충분히 문제 해결에 기여했다고 착각하게 만들거든요. 그런데 아무리 우리가 고민하고 생각해도, 해결되어 있는 문제는 없어요. 몸과 마음만 지칠 뿐이죠."

그날 이후로 무언가에 대해 후회하고 곱씹고 생각하기보다는 그 일을 떠올릴 때 내 감정이 어떤지를 떠올려보는 습관을 들이고 있다. 이성적으로 원인과 이유를 찾고 정의 내리기에 앞서 그때의 감정, 지금의 마음을 되돌아본다. 그것만으로도 꼬리를 무는 걱정과 고민은 절반으로 뚝 줄어든다. 내가 이렇게 곱씹고 있어봤자 해결되는 것은 아무것도 없다는 무력감이 오히려 나를 자유롭게 만든다.

요즘에도 불편한 상황 앞에서 마음이 복잡할 때는 일단 내 마음에 집중한다. 지금 뭐가 불편하고, 뭐가 슬픈지, 기쁘다면 어떻게 기쁘고 행복하면 어떻게 행복한지 그 감정에 귀 기울인다. 그럼에도 불구하고 해결되지 않는 무언가가 있다면 나의 경우에는 일주일에 한 번, 상담사 선생님에게 달려가 말하고 말하고 또 말한다. 그렇게 내 상처를 끌어내고 드러내는 과정을 통해 조금씩 가벼워지는 중이다.

일 년 전 알게 된 친구는 만날 때마다 손에 새로운 상처가 생겨 있었다. 크게 아파 보이지는 않았지만, 반창고나 밴드라도 붙이고 다니라고 했더니 친구가 그랬다. "그냥 이러고 다녀야 나아." 엉뚱한 소리 같아 묘한 표정을 짓고 있자 그는 덧붙였다. "가리면 덧나. 드러내봐야 더 빨리 나아."

당시에는 이상한 고집을 부리는 것 같아서 입을 삐쭉거리고 말았지만, 요즘 들어 그 말이 자주 생각난다. 상처를 치유하기 위한 가장 첫 번째 단계는 상처가 있다는 걸 인정하는 것. 그리고 그 상처를 가리지 않는 것. 마음의 상처에도 똑같이 적용될 진리를 그날 친구가 미리 알려준 것 같다. 어찌 보면 당연한 그 말이 왜 그리 실천하기 어려운 걸까.

마음의 상처를 치유하기 위해서는 제일 먼저 그 상처를 둘러싼 내 감정을 들여다보아야 한다. 어떠한 판단과 행동도 필요 없이 느끼기만 하면 된다. 그리고 그 안에 머물면 된다. 모든 감정은 사라지기 마련이다. 좋은 감정이든 나쁜 감정이든 영원히 지속되는 감정은 없다. 그때그때 적절히 느끼고 귀 기울여주지 않은 감정들만이 우리 안에 머물며 툭하면 덧나는 상처로 남을 뿐이다.

나 역시 스스로 상처를 드러내면서, 내 감정에 대해 이야기하려는 용기를 내면서 조금씩 편안해지고 있다는 걸 느낀다. 이런 느낌이 착각이라 해도 뭐 어떤가 싶다. 내가 덜 불편하고, 더 여유로워지고 있다고 느끼고 있는 것을. 감정을 표현하는 일에 익숙해지는 것. 상처를 드러내는 일에 주저하지 않는 것. 그럼으로 인해 조금 더 자유로워지는 것. 그것이 바로 내가 심리 상담을 계속 받고 있는 이유다. 나와 같은 사람이 어딘가에는 꼭 있을 것 같아 이 글을 썼다.

#4
그래도 나에겐
내가 있다

영어 공부를
시작했습니다。

_____ 영어 공부를 시작한 지 어느새 일 년 반이
되었다. 햇수로는 이 년째다. 어렸을 때부터 외국어에 관심이
많아서 일본어를 전공했고, 이후에는 중국어도 배워보고 프랑
스어 과외도 받아봤지만 사실 그건 다 영어를 피해가기 위한
꼼수였다.

영어는 어려우니까 꾸준히 공부할 자신이 없었다. 잘해낼 자신
은 더 없었고, 무엇보다 어떻게 공부해야 할지 몰라서 무한정

미뤄왔다. 하지만 외국 여행을 갈 때나 외국인 친구를 만날 때마다 영어로 할 수 있는 말은 극히 제한적이어서 마음속 깊이 답답함을 느끼곤 했다.

나는 직업인으로서 말과 생각을 다루는 사람이거늘, 아무리 외국어라고 해도 하고 싶은 말을 제대로 못 하고 생각을 오롯이 전할 수 없다는 사실이 불만스러웠다. 그럴 거면 한국어만 쓰면서 살면 될 텐데 나의 호기심과 오지랖은 또 그걸 허하지 않고…… 이러지도 저러지도 못하는 사이에 세월만 흘려보냈다.

무언가를 효과적으로 배우기 위해선 돈과 시간을 투자해야 한다고 했던가. 공짜로 배우기에는 강제성이 없어서 금방 게을러지거나 쉽게 포기하게 되지만, 시간과 돈이 들어간 일에는 저절로 쌍심지를 켜게 된다. 하지만 아무리 각오가 되어 있어도 나의 애매한 수준에 맞는 수업과 그 수업을 감당해줄 선생님을 찾는 일은 쉽지 않았다. 회화 학원에서 레벨 테스트를 받는 일은 생각만 해도 꺼려졌고, 한 반에 여러 명인 교실에 들어가 낯가리면서 안 가리는 척하자니 난감했다. 그래서 이미 일 년 넘게 영어 일대일 과외를 받고 있는 후배를 통해 곤쌤을 소개받았다.

카페에서 레벨 테스트를 겸한 첫 만남을 가졌다. 곤쌤은 내 실력과 수준을 알아보기 위해 이런저런 질문을 '영어로만' 던졌고, 나는 그 질문에 되든 안 되든 '영어로만' 대답했다. 한 시간여의 면담이 끝난 후 곤쌤이 한 총평은 "몰라서 용감한 케이스네요"였다. 첫 수업치고는 과분할 정도의 칭찬(!)을 듣고, 행여나 몰라서 용감한 상태가 끝나버리기 전에 본격적으로 영어 공부에 도전해보기로 했다.

숙원 사업이었던 영어 공부지만 매 순간이 즐거웠을 리 없다. 준비도 없이 수업에 가서 아무 말이나 중얼거리고 온 적도 있었고, 도무지 의욕이 나지 않을 때는 일주일에 하루 수업을 받으러 가는 것도 벅찼다. 그렇지만 과외를 계속할 수 있었던 건 시작할 때 결심한 게 딱 하나 있기 때문이다. 그건 '잘 못 해도 되니까 관두지만 말자'였다. 수업 시작부터 곤쌤에게 이 뜻을 전달했고, 선생님 역시 과도한 숙제나 챙김으로 스트레스를 주는 타입이 아니었기 때문에 부담 없이 함께 공부를 해올 수 있었다.

그동안 세상에 존재하는지도 몰랐던 단어를 배우고, 그저 생소하게만 느껴진 그 단어가 어느새 내가 만든 문장 안에 들어 있다는 걸 깨닫는 순간이 반갑다. 선생님이 내는 작문 문제에 틀린 것 하나 없이 성공했을 때, 열렬한 칭찬에 겸손한 척하면서도 속으로는 폭죽을 터뜨리는 시간을 사랑한다. 자의로 시작한 공부는 마치 공기 좋은 오솔길을 산책하는 느낌이었다. 이 구경도 하고, 저 향기도 맡고, 내 의지대로 발을 옮기고 방향을 바꾸며 이것저것 발견해나가는 자발적인 산책 말이다.

영어 공부를 시작하고 나서 내 세계는 조금 넓어졌다. 여전히 네이버 영어 사전에 의지해 하고 싶은 말을 고르는 수준이지만 영어만 생각하면 머리가 아득해지던 과거와는 조금 거리가 생긴 느낌이다. 늘 발음과 억양은 엉망이고, 내가 만든 문장 역시 틀린 문법과 오타로 가득하더라도 '관두지만 말자' 모드로 임하고 있다. 무엇보다 영어 공부를 시작했고, 여전히 이어가고 있다는 사실 하나에 자부심을 느끼는 중이다.

언젠가 이렇게 우리말로 글 쓰듯 영어로 글 한 편을 쓸 수 있을까. 우리말로 생각하고 농담하듯이 영어로도 마음 깊은 곳의 진심을 표현할 수 있을까. 그렇게 되지 않더라도 조급해하지 않아

야지. 안 되면 더 하면 되니까. 될 때까지 계속하면 되니까. 그
렇게 지겨워질 틈 없이 천천히 영어와 친해져볼까 한다.

간접화법의 늪

한동안 열심히 챙겨 보던 TV 프로그램이 있다. 연예인들의 가장 가까이에서 그들의 모습을 대면하는 매니저들의 일상을 통해 스타들의 진면목을 관찰하는 〈전지적 참견 시점〉이다. 이 프로그램을 통해 시청자로서 '연예인 ○○○은 알고 보니 이런 사람'이라는 것을 알게 되었는데 방송 작가 겸 개그맨 유병재 씨는 알고 보니 극도로 낯을 가리는 사람이었고, 개그우먼 이영자 씨는 그동안 생각한 것보다 훨씬 더 먹는 것을 사랑하는 사람이었다. 프로그램을 통해 연예인들의 새로운 모습을 발견하는 것도 흥미로웠지만 무엇보다 이영자 씨의 독특한 화법이 관심을 끌었다.

그는 충청도 사람들의 특징에 대해 말하면서 자신을 포함한 '충청도 출신'들이 구사하는 간접화법에 대해 소개했다. 이는 '충청도식 돌려 까기(?) 화법'이라고 해서 한동안 화제가 됐다. 이를테면 쌀쌀한 날씨에 차가운 음료를 사 온 매니저에게 "나는 진짜 우리 매니저 님이 참 좋아. 여자를 모르잖아. 바람둥이들은 이런 날 뜨거운 커피를 사 와"라고 말하고, 미용실에서 목이 마르면 이렇게 말한다. "난 여기가 참 좋아. 집중하는 거 너무 좋아. 딴 데 같으면 목이 마르지는 않냐 물어볼 만도 한데, 그런 게 없어. 이래야 성공해." 그 말을 들은 미용실 직원들은 당황스러움이 섞인 폭소를 터뜨리며 대답했다. "무슨 음료로 준비해 드릴까요?"

많은 사람들이 회마다 반복되는 독특한 화법에 웃음을 터뜨렸지만 나는 볼 때마다 조금 쓸쓸해졌다. 그가 구사하는 간접화법을 매번 눈치 못 채고 엉뚱한 행동만 반복하는 매니저의 모습이 꼭 나 같았기 때문이다. 나 역시 누군가의 간접화법에 머리 위로 물음표를 띄운 적이 여러 번 있었다.

방송 일을 할 때 함께 일한 연예인이 있다. 그는 평소 차분하고 평화로운 성격답게 자신의 의견을 직접적으로 말하는 법이 없었다. 회의 때도 다른 사람 이야기를 줄곧 듣고 있다가 마음에 안 드는 의견이 나오면 반대하기보다 침묵을 지켰다.

특히 피디가 강력하게 주장하는 아이디어가 있을 때, 하지만 그 아이디어가 마음에 안 들 때 그는 '마음에 안 든다', '별로다'라고 말하는 대신 이렇게 말했다. "그 맛에 피디 하는 거지 뭐." 맡은 코너에 대해 적극적으로 발언하는 나를 보고도 그랬다. "신회는 참 당차. 딴 건 모르겠는데 하여튼 당차." 칭찬 같기는 한데 기분 좋게 들리지 않는 말이었다. 오히려 조곤조곤 공격하는 말로 느껴졌다.

감정을 직접적으로 드러내는 일은 종종 '예의 없음'으로 간주된다. 때로는 차갑고 이기적인 사람이라는 인상도 준다. 어렸을 적부터 남들을 배려하는 습관이 몸에 밴 우리들은 그래서 가급적 돌려 말하며 상대방을 불쾌하게 만들지 않기 위해 애쓴다. 그러나 그러한 배려를 모든 사람이 찰떡같이 알아채기란 쉽지 않다. 그래서인지 간접화법을 습관적으로 구사하는 사람들에게

나 같은 사람들은 자동으로 '눈치 없는' 사람이 된다.

특히 우리나라는 직접적인 의사소통보다 상대와 상황의 맥락을 따져 이해해야 하는 고맥락 사회다. 대한민국 외에도 중국, 일본, 베트남 등이 고맥락 사회에 속하는데 컨설팅 전문가이자 작가인 김호 씨는 TV 프로그램 〈차이나는 클라스〉에 출연해 고맥락 사회 커뮤니케이션의 특징에 대해 설명했다. 명확하게 이야기하지 않는 것, 소통의 책임이 듣는 사람에게 있는 것 등이 그것이었다.

고맥락 사회에서는 소통을 하고도 소통이 되었는지 안 되었는지를 재점검해야 한다. 누군가에게 들은 '괜찮아'라는 말은 괜찮다는 뜻이 될 수도 있지만 괜찮지 않다는 뜻이 될 수도 있다. 때로는 '속상하다', '기분 나쁘다', '더 이상 이야기하고 싶지 않다'의 의미를 담고 있을 때도 있다.

비슷한 이유로 우리나라에는 유난히 수동공격을 하는 사람이 많다. 수동공격이란 싫은 걸 'No'라고 말하지 못하고 '수동적으로' 드러냄으로써 결국에는 상대방을 곤란하게 만드는 것을 일

컵는다. 마음에 안 드는 상사가 시킨 프로젝트가 있으면 일부러 업무를 게을리하고 결국 망치는 사원(자신은 열심히 했지만 운이 좋지 않았다고 믿는다), 선생님이 마음에 안 들어 자꾸 늦잠을 자면서 학교에 늦게 오는 학생(자신은 새벽까지 다른 일을 하느라 늦잠을 잔 것뿐이라고 생각한다), 연인에게 헤어지자고 먼저 말하면 나쁜 사람이 될까봐 일부러 못된 행동을 하면서 이별을 유도하는 사람(그는 실제로 이별의 모든 이유가 상대방에게 있다고 여긴다), 화나거나 서운한 일이 있으면 이를 표현하기보다 입부터 닫아버림으로써 상대방을 불편하게 만드는 사람(본인은 할 말이 없어서 안 할 뿐이라고 생각한다)⋯⋯.

이 모든 사람들이 수동공격형에 속한다. 공격하고 싶은 의도를 숨긴 채 행동하고 실제로 자신 역시 그럴 의도가 없다고 굳게 믿지만 자신의 행동으로 결국 상대방을 곤경에 빠뜨리고 만다.

말하기의 가장 큰 목적은 소통이다. 하지만 소통의 목적을 달성하지 못하는 말을 우리는 참 자주 한다. 진심을 얼버무리기 위해서, 나쁜 사람이 되고 싶지 않아서, 상대방에게 상처 주기 싫어서. 하지만 그 모든 이유 중에 가장 강력한 것은 '입바른 말을 하고 다가올 후폭풍이 겁나서'일 거다.

하지만 지난 기억을 더듬어보자. 우리는 오히려 진심을 숨긴 말들에 의해 더 상처받고 분노하지 않았던가. '애초부터 제대로 말하든가' 혹은 '확실히 사인을 달라!'며 곱씹은 적도 여러 번이고, 돌려 말하는 누군가의 의도를 알아차리지 못하거나 내 방식대로 해석해서, 혹은 어떻게 반응해야 할지 우물쭈물하는 사이에 저절로 관계가 어색해진 적도 있다. 간접화법은 결과적으로 소통이 아닌 불통을 낳는다.

나는 더 이상 간접화법의 힘을 믿지 않는다. 말을 통해 전해야겠다고 생각한 진심일수록 보다 더 상대방에게 쉽게 가 닿을수 있어야 한다고 믿는다. 직접적인 표현이 때로는 단순하고 멋없고, 어리석어 보일지 몰라도, 그건 누군가로 하여금 내 진심에 대해 의심하고 걱정하게 만들지 않겠다는 배려이기도 하다.

세상에는 이미 확실한 화법이 존재한다. 미안함을 표현하는 말은 '미안해'이고 고맙다는 마음을 표현하는 말은 '고마워'일 뿐 다른 무언가가 아니다. 그런 의미에서 나라도 먼저 솔직하고 단순하게 말하고 싶다. 그래서 진짜 괜찮을 때만 '괜찮아'라고 말하는 사람이 되고 싶다. 괜찮지 않을 땐 '괜찮지 않다'고 말할 수 있는 사람이 되고 싶다. 그래야 진짜 괜찮은 사람이 될 것 같다.

에세이 덕후。

_____ 나는 에세이를 사랑한다. 십여 년째 에세이
를 써오고 있지만 독자로서도 에세이를 아낀다. 쓰면서도 읽으
면서도 작가와 독자가 가까이에서 소통하고 있다는 느낌이 든
다. 누군가의 글을 읽는다기보다 같이 이야기를 나누는 느낌.
그것 때문에 쓰면서 외롭지 않고 읽으면서 정이 든다. 책 한 권
을 다 읽고 나면 마치 작가가 아는 사람 같고 친한 친구처럼 느
껴지기도 한다.

예전에 본 개그맨 마츠모토 히토시의 다큐멘터리에서 인상적

인 인터뷰가 나왔다. 코미디(혹은 개그)를 무엇이라고 생각하느냐는 인터뷰어의 질문에 마츠모토는 말했다. "코미디는 생물이에요. 살아 있으니까요." 그 말을 곱씹어보니 에세이 역시 비슷하다는 생각이 들었다. 에세이는 생물이다. 파릇파릇 팔딱팔딱 그때의 감정과 생각이 살아 숨 쉰다. 그래서 나 역시 푸릇푸릇한 기분으로 읽고, 또 쓰게 된다.

하지만 이런 생각을 하게 된 지도 얼마 되지 않았다. 요 몇 년 전까지만 해도 에세이를 읽을 때 마음이 편치가 않았다. 한동안 에세이를 읽을 때마다 이상하게 그 작가가 얄밉고 부럽고, 어떤 문장을 구사하고 어떤 이야기를 하는지 염탐하게 됐다. 사람이 안 풀리면 꼬인다고, 나는 몇 년간 안 팔리는 에세이를 쓰는 작가였다. 분명 누군가에게 말을 걸고는 있는데 아무 대답도 못 듣고 있는 기분. 문자를 계속 보내는데 자꾸 읽씹을 당하는 느낌. 그래서 지난 몇 년간 배배 꼬여 있었다.

그래서 다른 작가들의 에세이를 읽을 때는 괜스레 눈에 불을 켜게 됐다. '에이, 별거 아니네'라고 생각하거나 별것도 아닌 일에 뭐 이렇게 웅장한 문장을 쓰는 거냐며 뾰족한 마음으로 읽었다. 그런 삐딱한 시선으로 읽는 책이 재미있을 리 없었다. 책을 읽는 일은 사람을 대하는 일과 비슷했다. 마음을 열고 대하면 상대의 좋은 점이 보이는 것처럼, 팔짱을 끼고 가느다란 눈으로 보기 시작하면 상대는 영락없이 수상한 사람이 되는 것처럼 책 역시 그랬다.

나는 수년간 지지부진한 내 책 판매 실적을 바탕 삼아 점점 폐쇄적이 되어가고 있었다. 다른 사람이 내 글에 대해 조언하는 것도 달갑지 않았고, 상황이 갑갑하다는 이유로 사람들을 잘 만나지도 않았다. 만에 하나 만나더라도 별것도 아닌 일에 성질을 내거나, 자격지심에 토라지거나 난데없이 엉엉 울기도 했다. 지금 되돌아봐도 그때는 정말 상태가 심각했는데, 다 상황이 나를 그렇게 만드는 거라고 생각했다. 하지만 지금은 안다. 그런 모난 마음이 상황을 더 어렵게 만들고 있었다는 것을.

그때 나는 사람에 대해 쓰면서도 정작 사람에게 관심이 없었다. 모두가 나보다 잘난 사람들, 나보다 행복한 사람들, 나랑은 다르게 걱정 없는 사람들로만 보였다. 그래서 사람을 만나서도 샘이 났고 책을 읽으면서도 속이 상했다. 나는 이렇게 힘든데 다

른 사람들은 왜 이렇게 좋아 보이는 거지? 나만 왜 이렇게 고생
하는 것 같지?

그래도 글은 계속 쓰고 싶었다. 하지만 그러기 위해서는 내 마
음부터 되돌아봐야 할 것 같았다. 하지만 이 고슴도치 같은 마
음으로는 그와 비슷한 글만 쓰게 될 것 같았다. 그래서 오랜만
에 사람들을 다시 만나서 책 이야기를 나누고, 내 생각에 대해
상의했다. 그러는 동안 내가 얼마나 평범한 일상과 동떨어진 생
활을 하고 있는지를 알게 됐다. 사람들의 조언을 억지로라도 들
으려고 해보고, 그들이 재미있게 읽는 책, 또 읽고 싶은 책이 뭔
지도 물어봤다. 인스타그램을 시작했고 그곳에 내 이야기를 풀
어놓았다. 그렇게 하나하나 다시 시작하는 마음으로 일기를 쓰
고, 글을 썼다.

그러다보니 다시 책이 읽고 싶어졌다. 특히 책장에만 꽂아두었
던 에세이를 하나둘 꺼내 읽고 싶어졌다. 그 안에 든 사람들 이
야기가 예전과는 다르게 읽혔다. 나는 점점 에세이를 사랑했던
그때로 돌아가고 있었다.

이제는 대부분의 에세이가 재미있다. 어쩜 이런 소재로 글 한 편을 엮었을까, 이렇게 사소한 일로 어떻게 이런 깨달음을 이끌 어냈을까 하며 침이 떨어질 정도로 몰입해서 읽는다. 그러면서 또 한 번 에세이는 사람과 사람이 대화하는 글이라는 사실을 깨닫는다. 마음을 열고 들으면 마음으로 다가온다. 그렇게 읽는 책이 재미없을 리 없다.

요즘은 원고를 쓸 때도, 쓰지 않을 때도 일주일에 두세 권의 에세이를 읽는다. 그리고 자주 서점에 들러 에세이를 산다. 예전 보다 더 넓어지고 깔끔해진 에세이 매대를 바라보며, 그사이 새로 나온 에세이들을 살펴보며, 이 시장이 더 넓어지기를, 그래서 내가 더 좋은 에세이를 많이 읽을 수 있기를, 그 안에 내 책도 한 칸을 차지할 수 있기를 소망한다.

"덕후는 기본적으로 호구다."

『루나파크』의 홍인혜 작가는 이렇게 말했다. 요즘 에세이를 사서 읽는 일에서만큼은 나 역시 호구가 되고 있는 중이다. 왜냐하면 나는 에세이 덕후니까. 직업은 에세이스트라고 당당히 말할 수 있는 성덕이 되었으니까. 그러니 여러분께서도 에세이 많이 사랑해주셨으면. 제가 잘할게요.

이제는 내 피부를
받아들일 때。

_____ 친구 S는 요즘 피부에 관심이 많다. 부쩍 피부 이야기를 자주 한다. 여름날 길을 걸을 때도 급하게 가방을 뒤적거리며 중얼거린다.

"선글라스 꼭 쓰고 다녀. 큰 나."
"선크림 발랐는데?"
"그래도 안 돼. 기미 생겨. 나중에 후회하지 말고."

그러고는 서둘러 선글라스를 챙겨 쓰며 태양을 피한다. 그러면

나도 부랴부랴 따라서 선글라스를 꺼내 쓴다. 친구는 얼마 전부터 피부과에 다니기 시작했다고 한다. 무슨무슨 코스 열몇 번을 합쳐서 얼마라고. 나에게는 생소하게만 느껴지는 전문용어를 말하면서 몇 번은 이걸 받고 나머지 몇 번은 다른 걸 받을 예정이라고 했다.

그런데 내 눈에 친구의 얼굴은 깨끗하기만 하다. 기미는커녕 잡티 하나 보이지 않는다. 잡티 및 주근깨, 기미 등 온갖 것들이 창궐한 내 얼굴이 더 심각한데. 정작 나는 아무것도 안 하고 있는데 피부 좋은 친구는 늘 더 좋은 피부를 위해 애쓴다. 그래서 피부가 좋은 건가 싶기도 하고.

얼마 전에 또 다른 친구를 만났을 때, 친구 역시 피부과에 다녀오는 길이라고 했다. 그런데 그 친구의 피부 또한 투명하고 윤기가 흘렀다. "아니, 대체 만질 게 어디 있다고 피부과를 다니는 거야?"라는 질문에 친구는 내 얼굴을 빤히 보더니 말했다. "너도 가." 급속히 멋쩍어져서 천천히 두 볼을 감싸고 아무 말도 할 수 없었다.

그래서 다녀왔다. 기미는 차치하고, 몇 개월 전부터 비립종이 늘어나 얼굴을 만질 때마다 우둘투둘한 표면이 신경 쓰여서 레이저 시술로 한꺼번에 제거하고 싶었다. 진료실 문을 열고 들어간 나를 향해 의사 선생님은 말씀하셨다. "잡티 때문에 오셨나요?" 괜히 울컥해서 아니라고, 비립종 때문에 온 거라고 말했더니 선생님이 그러셨다. "그것보다 더 눈에 띄는 건 기미랑 잡티여서요."

그래서 기미 잡티 제거 시술을 받게 되었다. 대부분의 피부과 시술은 엉겁결에 이루어진다. 엉겁결에 마취를 받았고, 엉겁결에 시술 침대에 누웠으며, 엉겁결에 소리를 지르고 눈물을 흘려가며 레이저 시술을 받았다. 얼굴에 반창고를 덕지덕지 바른 채 집으로 와서 방금 뭐가 지나간 건지를 생각하며 어벙벙했다.

시술을 받은 지 몇 개월이 지난 지금, 시술을 하기 전과 비슷한 양의 기미와 주근깨를 새로 얻었다. 피부란 것이 그렇다. 아무리 꼼꼼히 선크림을 바르고 선글라스를 끼고 모자를 챙겨 써도 계절과 세월을 비껴가기는 어렵다. 물론 아무것도 하지 않는 것보다야 낫겠지만 내 피부는 그때나 지금이나 별 차이가 없다.

"너 주근깨 있네?"

얼마 전 선배와 마주 앉아 이야기를 하고 있는데 선배가 불쑥
이야기했다. "그래? 이상해 보여?"라고 되물으니 선배는 대답
했다. "아니, 귀여워 보이는데." 그때 깨달았다. 누군가에게는
이 주근깨가 지우고 싶은 것이지만 누군가에게는 매력으로 보
일 수도 있구나. 그 말에 거울을 들어 내 주근깨를 들여다봤지
만 전혀 귀엽지 않았다는 반전. 알면 알수록 알 수 없는 피부의
세계, 알면 알수록 모를 개인의 취향⋯⋯.

요즘은 그저 내 피부를 받아들여야겠다는 생각이 든다. 눈 밑에
자글자글한 주름도, 그 옆에 나란히 박힌 기미와 주근깨도, 툭
하면 트러블을 일으키는 턱 밑과 콧등도 다 아직 살아 있다고
발버둥 치는 피부의 주장이라는 생각이 들어서다. 어찌 시간이
피부만 비껴갈 수 있나. 내 속이 그렇게 타들어가는데 어찌 피
부만 생기 넘치고 멀쩡할 수가 있나. 내가 지지고 볶고 사는 것
처럼 피부도 그 과정을 반복하고서야 지금에 이르렀다. 그걸 얼
굴에 깃든 주름이, 잡티가, 줄어든 탄력이, 거칠음이 말해준다.
그걸 뽀얗고 매끄럽게 다듬는다고 해서 얼마나 대단한 변화가

있을까. 나는 어김없이 지지고 볶으며 살아갈 텐데.

내 피부는 나와 함께 늙어간다. 몇 년 전까지만 해도 끔찍하게
느껴졌던 이 사실을 더는 끔찍해하지 않기로 했다. 왜냐하면 그
게 당연한 거니까. 내가 변하면 내 마음도, 내 몸도 변하는 게
당연한 거니까. 그렇게 생각하다보니 얼굴의 잡티와 기미와 각
질이 사랑스럽게 보인다는 것은 거짓말이고, 조금이나마 그러
려니 하게 되었다. 나는 마흔한 살이니까, 내 얼굴엔 마흔한 살
만큼의 흔적이 묻어 있는 것이다. 그럼 된 거다.

동네에서

맛있는 떡볶이집을 찾았다.

_____ 그동안 먹으면 소화가 잘 안 돼서, 몸에 부종이 생겨서 줄곧 피해온 떡볶이를 요즘에 먹고 있다. 이사 온 동네에서 맛있는 떡볶이집을 발견했기 때문이다. 입이 심심하다 싶으면 자동적으로 그 집 떡볶이 생각이 난다. 밤에 소파에 누워 TV를 보고 있어도 그 집 떡볶이 생각이 난다. 어떤 날은 '내일 점심으로 꼭 그 떡볶이 먹어야지' 하고 다짐에 다짐을 하며 잠드는 날도 있다.

내가 요즘 떡볶이에 빠져 있다고 하면 지인들 반응은 이랬다.

떡볶이를? 네가? 분식을? ……요즘은 없어서 못 먹는데. 아니, 없어도 굳이 찾아 먹는데. 계획까지 세워놓고 먹는데.

맨 처음 이사 왔을 때 이 동네에 대해서 아는 거라고는 백화점 이랑 도서관이 하나 있다는 것, 걸어서 갈 수 있는 지하철역이 있다는 게 다였다. 친언니는 동네를 돌아다니면서 어떤 가게가 있는지도 좀 보고, 사람들은 어디서 장을 보고 음식을 사 먹는 지도 알아보라고 했지만 다 귀찮았다. 그냥 때 되면 다 알게 될 거라고 생각해서 동네 사람들은 잘 가지 않는 곳에서 장을 보고, 친구들이 오면 어떤 식당에 가서 밥을 먹어야 할지 동네의 맛집을 검색해 찾았다. 마치 이 동네에 오래 안 살 사람처럼 굴었다.

하지만 어느 날 오후, 웬일인지 갑자기 떡볶이가 너무 먹고 싶었다. 평소엔 좀처럼 생각나지 않는 음식, 자극적이고 달고 매운, 그야말로 MSG 맛. 하지만 평소에 먹고 싶은 게 별로 없는 (나 같은) 사람일수록 한 번 먹고 싶은 음식이 생기면 계속 그 생각만 나서 어떻게든 먹어줘야 한다. 미치도록 먹고 싶은 게 생각나는 일이 결코 자주 있는 일이 아니기 때문이다.

그래서 인터넷으로 동네 떡볶이 맛집을 검색했다. 그저 휘리릭 가서 1~2인분 포장해 올 수 있는 노점을 원했던 건데 즉석 떡볶이집이나 떡볶이를 안주로 파는 주점만 검색되었다. 그러나 끈기를 발휘해 블로그 검색까지 해나가다보니 역 근처에 서서 먹을 수도 있고 포장해 갈 수도 있는 떡볶이집이 발견되었다. 블로그에는 이렇게 써 있었다. '처음엔 그냥 그랬는데, 자꾸 생각나는 맛!' '쌀떡이에요!' 난 밀떡보다 쌀떡이 더 좋은데.

휴대폰 지도를 켜고 이리저리 방향을 돌려가며 찾아간 떡볶이집에서는 이미 서너 명이 서서 엄숙한 표정으로 떡볶이를 먹고 있었다. 은근하게 끓고 있는 떡볶이를 쳐다보니, 진한 빨간색이 아님에도 불구하고 맵고 짜고 달아 보였다. 얼른 2인분을 사서 검은 봉지를 손에 쥐고, 평소보다 1.5배 빠른 걸음으로 집으로 향하는 길에는 가슴이 두근거리기까지 했다. 집에서 차가운 맥주와 함께 먹은 떡볶이 맛은 뭐라 말할 수 없이 만족스러웠다.

그날 이후 그 집 떡볶이의 노예가 되었다. 외출했다 집에 오는 길에는 일부러 떡볶이집 근처에서 내린다. 배는 고픈데 밥이 먹기 싫을 때는 떡볶이를 사러 나간다. 친구들이 집으로 놀러 오는 날에도 도착하는 시간에 맞춰 떡볶이를 사 놓고 기다린다. 기분이 처지는 날은 운동 가는 길에 자연스럽게 떡볶이집 쪽으로 방향을 튼다.

드라마 〈섹스 앤 더 시티〉에서 미란다의 유일한 낙은 금요일 밤마다 동네 중국집에서 음식을 시켜 먹으면서 텔레비전을 보는 일이다. 하지만 식당 점원은 미란다가 전화를 걸어 음식 주문을 시작하자마자 말을 끊고 이렇게 말한다. "브로콜리를 곁들인 치킨에 브라운소스, 현미, 냉면이죠? 깔깔깔." 미란다는 금요일 밤인데도 방구석에서 매일 똑같은 음식만 시켜 먹는 자신을 비웃는 듯한 그 목소리에 기분이 상한다. 하지만 에피소드의 끝에 알고 보니 그는 누가 전화를 걸건 말끝마다 묘한 웃음을 흘리는 버릇이 있는 사람이었다는 것이 밝혀진다. 덕분에 미란다는 예전처럼 편안한 마음으로 배달 중국 음식과 TV 시청으로 혼자만의 불금을 즐길 수 있게 된다.

미란다처럼 나 역시 그 떡볶이 가게 아줌마 아저씨가 나를 기억 안 하셨으면 좋겠다. 매일같이 와서 달뜬 표정으로 떡볶이를 주문하고 쏜살같이 사라지는 나 같은 손님 따위 모르셨으면 좋겠다. 단골이 분명하지만 단골처럼 대해주지 않았으면 하는 마음. 떡 하나, 튀김 하나 더 넣어주지 않아도 좋으니 그저 처음 본 손님처럼 대해주셨으면 하는 소망. 그 집에 매일 가고 싶은 사람으로서 그런 소소한 희망이 있다.

뒤늦게 발견한 떡볶이의 매력을 십오 분쯤 걸어가면 만나볼 수 있다는 사실만으로도 이 지역 주거 만족도는 30퍼센트 정도 상승하였다. 지금 이 글을 쓰고 있는 동안에도 자꾸 그 집 떡볶이가 생각나서 표정 관리가 어렵다. 당연히 내일 또 먹으러 가야지. 영어 과외가 끝나고 역에 내려서 떡볶이집에 들러야지. 떡볶이 1인분에 만두 네 개? 아니면 떡볶이 2인분? 아니면 떡볶이 1인분에 떡꼬치 하나를 먹을까? 상상하는 것만으로도 입안에 침이 고인다.

그러는 동안 슬쩍 걱정이 된다. 그 떡볶이집이 없어지지는 않겠지? 내가 이런 식으로 계속 가는 한 안 없어지겠지? 그런 의미에서 더 열심히 가야겠다. 내 인생에서 그 떡볶이집을 만난 건 소확행이 아닌 대확행이 틀림없기 때문이다.

엄마를 좋아하지 않아도
괜찮아.

_____ 한 엄마가 있다. 그는 툭하면 변덕을 부리고
혼자 불쑥 화를 내다가 멋대로 풀어져서 딸을 안고 달래며 억
지로 화해를 시도한다. 한마디 상의도 없이 딸이 모아둔 세뱃
돈으로 피아노를 사버리고, 정작 딸은 배우고 싶어 하지도 않는
피아노 학원을 억지로 다니게 한다. 자신의 욕심 때문에 딸을
명문 사립 중학교에 보내겠다며 입시 지옥으로 끌어들이고, 빡
빡한 일정에 힘들어하는 딸에게 '너를 사립 중학교에 보내느라
얼마나 큰돈을 썼는지 아느냐'며 불같이 화를 낸다.

중학생이 된 딸은 "우리 엄마는 이상해"라는 친구들의 귀여운 푸념을 들을 때마다 '우리 엄마는 진짜 이상한데'라는 생각에 쉽사리 말도 꺼내지 못한다. 그리고 늘 자신을 컨트롤하려는 엄마 때문에 사람을 믿지 못하고 결국 자신도 믿지 못하는 사람이 되어간다.

강렬한 제목에 이끌려 보게 된 다부사 에이코의 만화『엄마를 미워해도 될까요?』(이마, 2017)는 인생에 꼬박꼬박 훼방을 놓는 엄마 때문에 고생하는 딸 에이코의 이야기다. 만화를 읽으면서 내내 마음이 아렸던 이유는 '이런 불행을 경험하는 딸이 이 사람 하나뿐일까'라는 생각 때문이었다.

나 역시 엄마와 딱히 둥글둥글한 관계가 아니다. 나쁜 건 아니지만 딱히 좋지도 않은 사이다. 예전에는 엄마랑 같이 시간을 보낼 기회가 적어서 그렇다고 생각했는데, 시간이 지나고 나니 엄마와 나는 그저 다른 사람이라는 걸 알게 됐다.

하지만 나랑 다르다는 이유로 안 좋아한다고 말하는 건 성급하고 뒤통수도 따가운 일이기에, 엄마와 거리를 좁혀보려 했다. 물론 엄마도 그러셨을 거다. 하지만 우리는 딱히 큰 싸움도 없이, 그렇다고 달달한 소통의 과정도 없이 늘 평행선을 달리는 느낌이다. 이야기를 하면 잘 안 통하고, 대화가 깊어질수록 얼굴을 붉히게 되는 사이. 그래서인지 섣불리 말을 꺼내기가 뭐해서 점점 진심을 얼버무리게 된다. 그 시간이 길어지다보니 이제는 자연스럽게 이렇게 생각하면서 산다. 엄마랑 나는 안 맞는구나. 그러면서도 누가 엄마랑 가깝게 지내는지를 물으면 뭐라고 대답해야 할지 망설여진다. 망설이면서도 조금 찜찜한 마음이 든다.

어린 시절 내내 엄마에게 시달려온 에이코는 성인이 되어서 엄마와 비슷한 남자를 만나게 된다. 남자 친구는 늘 에이코에게 웃는 얼굴을 하면서도 화가 나면 "돼지!" "죽어버려!"라는 폭언을 일삼고 에이코의 결정과 선택을 못마땅해한다. 그를 대할 때마다 자꾸 엄마의 모습이 겹쳐지며 비참함을 느끼지만 에이코는 아무런 저항도 하지 못한다.

하지만 계속 그렇게 살 수는 없었다. 새로운 남자와 결혼해 아이를 갖게 된 에이코는 부모님과 연락을 끊고 비로소 자신만의 삶을 살기로 한다. 그러면서도 내내 자신은 나쁜 딸이라는 죄책감에 시달리지만 엄마 아빠와의 재회를 상상하는 것만으로도 심장이 떨리고 몸이 아프다. 불쑥 찾아오는 불안감으로 아무 잘못 없는 남편에게도 사소한 일로 분노를 터뜨린다.

급기야 에이코는 정신과를 찾고 사연을 들은 의사는 이렇게 말한다. "당신은 그동안 어처구니없는 부모로부터 자신을 지켜온 겁니다. 그걸 혼자 싸워내다니 대단하군요. 당신은 하나도 잘못한 게 없어요." 진료를 마치고 나서는 이렇게 덧붙인다. "부모를 만나지 않으면 돼요. 이제 여기 올 필요도 없어요." 에이코는 그제야 자신에게는 부모님 없는 인생이 더 낫다는 사실을 깨닫는다.

이야기가 진행될수록 점점 자신만의 인생에 적응해가는 에이코의 모습에 자그만 용기가 생겼다. 에이코처럼 나에게도 나만의 인생이 있다는 걸 새삼 떠올리며 슬쩍 주먹을 쥐게 되었다. 나는 어른이다. 나에게는 내 일이 있고, 내 공간이 있고, 나만의 관계가 있다. 비록 다른 딸들처럼 엄마랑 찰떡같이 지내지는 못하지만, 그렇다고 해서 한심한 인생을 살고 있는 것은 아니다. 나는 스스로 납득할 만큼의 삶을 살고 있다. 책을 다 읽고는 책

제목이자 에이코의 애절한 질문이기도 한 '엄마를 미워해도 될까요?'에 대해 이렇게 대답해주고 싶었다. '응. 그래도 되지 뭐.'

'엄마를 미워하는 딸'이라는 말에서 느껴지는 서늘함은 엄마를 미워해서는 안 되는 존재라는 믿음에 있다. 하지만 꼭 그럴까. 엄마와 나는 다른 사람이라는 것을 인정하고, 서로 안 맞는 부분도 있다는 것을 자연스럽게 이야기할 수 있을 때에야말로 엄마와 딸의 관계를 바로 볼 수 있다. 엄마도 이상한 사람일 수 있다. 내가 이상한 딸일 수 있듯이 말이다. 엄마와 딸은 서로를 미워할 수도 있다. 그들은 각자의 생각과 의지를 가지고 있는 두 명의 인간이기 때문이다.

엄마와 나는 다른 사람이라는 것. 다르기 때문에 서로 부딪힐 수 있고 미워할 수도 있다는 것. 세상의 딸들이 그렇게 생각하고 살았으면 좋겠다. 엄마의 인생이 곧 내 인생은 아니라는 걸 굳게 믿고 살았으면 좋겠다. 그리고 나는 만약 이다음에 아이를 낳아, 그 아이가 나를 미워하더라도 그럴 수 있는 일이라고 생각하는 엄마가 되고 싶다. 내 아이가 나를 꼭 좋아하지 않아도 괜찮다고 믿는 엄마가 되고 싶다.

여기 온 거
후회 안 해요.

_____ 가끔 지금 여기가 아닌 다른 곳에서 살면 어떨까를 생각해본다. 적극적으로는 말고 소극적으로. 만약에 살게 되면 어디가 좋을지도 생각해본다. 이 생각을 할 때는 보다 적극적이 된다. 결론도 없는 생각을 마냥 이어가다보면 이상하게 결론이 난다. 겁 많고, 외로움 타고, 변화를 두려워하는 나는 그냥 여기서 이러고 사는 게 제일 낫겠다 싶은 것이다.

하지만 나와는 다르게 적극적으로 살고 싶은 곳을 찾아 그곳으로 터전을 옮긴 사람들이 있다. 가끔 신문이나 잡지에서 그런 사람들의 이야기를 대할 때마다 묘하게 현실감각이 사라져 마치 소설책을 읽고 있는 기분이다. 그들의 사연을 따라가다보면 '와 대단하네'라는 감탄, '어떻게 그런 결정을 했을까?'라는 호기심에 이어 꼭 따라붙는 질문이 하나 더 있었다. '이 사람들, 지금은 후회 안 할까?'

일 년 전, 서울에서 일하다 본업을 반쯤 접고 제주도로 가 살고 있는 지인을 만났다. 그해 또 바로 일 년 전에 제주도 여행을 하러 간 나에게 그는, 조만간 자기 집 안에 작은 독립 서점과 민박집을 만들 계획이라고 했다. 하지만 그 계획이 도무지 현실 같지가 않아 그저 갈무리된 드라마 내용을 듣듯 고개만 끄덕였던 기억이 난다. 그런데 정확히 일 년 후에 찾아간 그의 집에는 작은 독립 서점인 '아베끄Avec'와 서점 옆의 작은방 '오! 사랑'이 만들어져 있었다. 그때 생각했다. '진짜 이런 사람이 있구나. 생각한 것을 그대로 현실로 만들어내는 사람이 실제로 존재하는구나.'

그해, 그의 집 마당에서 독자와의 만남을 갖고, 서점에서 책을 사고, 그 옆에 붙은 방에서 하룻밤 신세를 지면서 남이 만든 영화 속 한 장면에 툭 끼어든 사람이 된 것처럼 기분이 묘했다. 그러면서도 내내 부러웠다. 그가 이 모든 걸 만들어낸 사람이라서. 이렇게 추진력 있는 사람이라서. 하지만 정작 부러운 건 따로 있었다.

"여기 온 거 후회 안 해?"

제주 공항으로 나를 데리러 온 그에게 물었다. 그러자 그는 아무렇지 않게 대답했다. "후회 안 해요." 단호한 그 말이 어쩐지 미심쩍어 다시 물어봤다. "한 번도 후회한 적 없어?" 그러자 그는 대답했다. "한 번도 후회한 적 없어요." 신기하다는 생각과 함께 '어떻게 그럴 수가 있지. 삼십 년도 넘게 살아온 곳을 떠나와서 어떻게 후회를 안 할 수가 있지'라는 말을 속으로 중얼거리며, 운전하는 그의 옆모습을 보는데 그 얼굴에는 이미 써 있었다. '진짜라니까요. 앞으로도 후회 같은 거 안 할 거라니까요.'

가끔 평생을 한곳에서 사는 일이 어쩐지 억울하고 답답하게 느껴지지만 마음먹고 훌쩍 떠날 수 없는 이유는 겁이 나서다. 예

상과 다른 일이 펼쳐질까봐, 적응을 잘 못 할까봐, 그리고 후회
할까봐. 나로서는 세 번째가 가장 겁난다. 여기서 평생 사는 일
을 후회하기 싫어서 먼 곳으로 떠나왔는데, 떠나오고 나서 또
후회할까봐 떠나기 전부터 두려운 것이다.

하지만 그는 생각했고, 결심했고, 행동했고 그럼에도 불구하고
후회하지 않는다고 했다. 어쩌면 그는 언젠가 후회를 하더라도
후회하는 스스로의 모습, 후회하는 그때의 상황만큼은 후회하
지 않을 거라는 생각이 들었다. 그래서 더 부러웠다. 그해 나는
제주에 머무는 내내 그를 향해 속으로 박수를 엄청 쳤다. '대단
하다. 한 사람의 계획이 이루어지는 일이 이렇게 아무 상관 없
는 사람에게도 감동을 전해주는구나. 대단하다.'

자꾸만 삶에 대해 미련이 는다. 딱히 가진 것도 없으면서 잃을
게 많은 사람처럼 벌벌 떨게 된다. 그렇다고 모르는 게 아니다.
나중에 더 긴 시간이 지나면, 그때는 왜 아무것도 하지 못하고
웅크리고만 있었는지를 후회하게 될 거라는 것을. 하지만 그
생각을 하면서도 움직이는 게 두렵기만 한 걸 어쩜 좋을까. 이
럴 때마다 내가 철들었다는 걸 느끼고, 그런 내가 별로라는 생

각을 한다.

그래서 오늘도 똑같은 자리에서, 멋진 사람들을 흘끗거리며 부러워하기만 한다.

마흔의 미혼을 위한
질문.

_____ 세상에는 두 가지 나이가 있다. 하나는 국제
적으로 통용되는 만 나이고 다른 하나는 태어나자마자 한 살을
먹고 들어가는 한국 나이다. 올해 나는 만 나이로는 삼십대 후
반이고 한국 나이로는 사십대 초반이 됐다. 의도치 않게 삼십대
와 사십대를 넘나들며 살고 있지만 심적으로는 비로소 마흔에
안착했다는 안도감이 든다. 그 이유는 나에게 질문과 잔소리를
하는 사람이 줄어들었다는 실감 때문이다.

삼십대 때, 조금 더 정확히는 삼십대 중반까지 사람들을 만날

때마다 질문을 많이 받았다. 나이가 어떻게 되세요? 만나는 사람은 있어요? 결혼은 했어요? 왜 안 했어요? 결혼 안 할 거예요? 등 대부분이 나이와 결혼에 관한 질문이었다. 내가 어떤 답을 하건 질문한 사람에게는 그 내용이 석연치 않았던 모양인지 질문 뒤에는 조언을 가장한 잔소리가 따라붙었다.

그렇게 많은 사람들이 나의 나이를, 결혼 적령기를, 임신 가능성을 염려했고 몇 명의 사람들은 적극적으로 예비 신랑감을 구해주겠다며 혈안이 되기도 했다. 때로는 웃음이나 심드렁한 말투, 발끈하는 표정으로 대응해왔지만 그들의 애정 어린(!) 조언과 참견이 반가웠을 리 없다.

하지만 마흔을 넘기고 나니 달라졌다. 사람들은 더 이상 나에게 질문을 하지 않는다. 그러다보니 잔소리를 듣는 일도 줄어들었다. 내 얼굴에 나이가 새겨져 있기라도 한 건가. 아니면 결혼을 하지 않았다는 사실이 더는 숨겨지지 않는 외모(!)가 된 건가. 이렇게 나이를 먹는 건가 싶어 씁쓸한 적도 있었지만, 어느새 판에 박힌 질문에 적절한 대답을 궁리하지 않아도 되는 편안함을 누리며 살고 있다.

결혼하지 않은, 아직 결혼 상대도 존재하지 않는 싱글 여성은 사람들에게 호기심의 대상이 된다. 때로는 그 호기심이 걱정이나 비난으로 이어지기도 한다. 때 되면 결혼해 가정을 꾸리는 일은 사람 된 도리이고, 아이를 낳는 일이야말로 순리에 맞게 살아가는 일이므로 그 둘을 수행하지 않은 사람은 어른으로 살 자격이 없다는 눈총을 받을 때도 있다. 그리고 누군가에게 '아기 엄마'나 '어머님'으로 불릴 때마다 묘한 기분이 든다. 사십대 미혼의 여자를 부르는 말은 애초부터 존재하지도 않았던 건가 하는 생각이 들어서다.

주변 어르신들은 이 나이가 되도록 남편이 없다는 것, 아이를 낳아보지 않았다는 사실에 경악하며(!) 볼 때마다 "나 아는 사람 아들이 있는데……"라는 말씀을 건넸다. 이미 결혼한 선배나 친구들은 "설마 비혼은 아니지?"라며 건너건너 아는 남자들까지 동원해 어떻게든 엮으려 했다. 만에 하나 만나는 남자가 있을 경우에는 그 사람이 신랑감으로 적절한지 아닌지를 점검하고, 일에 파묻혀 살고 있을 때는 "그러느라고 결혼을 못 하는구나"라며 너그럽게(!) 납득하다가도 "그러다 평생 혼자 산다!"며 엄포를 놓기도 했다. 이렇게 결혼하지 않은 사람의 삶을 이야기하는 데 있어 '결혼'이라는 단어가 빠지면 큰일 난다는 듯이 구는 사람들이 우리 곁에는 항상 있어왔다.

늘 정신없던 이십대, 왠지 모르게 불안하던 삼십대를 지나 어느새 사십대가 되었다. 그동안 경험해온 일들은 남들에게는 별일 아닐지 몰라도 적어도 나에게만큼은 달고 시고 짠 내도 나는 특별한 기억들이라는 사실을 비로소 깨달아간다. 하지만 그러한 역사가, 적지 않은 사람들에게는 '여전히 결혼 안 함'이라는 한마디로 정리된다는 사실은 씁쓸하다.

지금 여러분 곁에 있는 수많은 싱글들은 결혼 안 한 사람이기도, 언젠가는 결혼할 사람이기도 하지만 결혼이라는 말 없이도 충분히 설명될 수 있는 사람들이다. 결혼이나 나이 말고도 생각할 것들과 걱정할 거리들을 잔뜩 안고 있는 사람들이며, 무엇보다 결혼과 나이에 관련되지 않은 다양한 질문에도 잘만 대답해낼 사람들이다.

"요즘 언니의 소확행은 뭐예요?"

오랜만에 만난 후배가 이런 질문을 했다. 똘망똘망한 눈으로 대답을 기다리는 후배를 앞에 두고, 요즘 나를 둘러싼 작지만 확실한 행복에 대해 생각해봤다. 서점에 가서 고심하다 딱 한 권만 고르는 신간, 졸음을 참으면서 결말까지 보게 만드는 영화 한 편, 불쑥 운동화를 챙겨 신고 나가는 저녁 산책…… 그 순간을 떠올리다보니 어느새 가슴속이 따끈해졌다. 그러면서 느꼈다. 그동안 나는 이런 질문을 기다려왔구나. 결혼과 나이를 빼고도 나를 설명할 수 있는, 오롯이 나라는 사람을 궁금해하는 마음을 기다려왔구나.

앞으로 마흔의 미혼에게 그러한 질문을 던져주심이 어떨지. 결혼과 나이 말고도 나눌 수 있는 이야기는 무궁무진하지 않은가. 예를 들면 요즘 주로 하는 생각은 무엇인지, 요즘 자주 가는 곳은 어디인지, 최근에 가장 재미있게 본 영화나 책은 무엇인지, 아니면 요즘 뭘 제일 맛있게 먹고 있는지. 이러한 질문에 어울릴 만한 대답을 떠올리면서, 마흔의 미혼들은 딱 그 시간만큼 행복할 것이다. 그리고 그 질문과 질문을 던진 사람을 전보다 조금 더 아끼게 될 것이다.

더 이상 질문과 조언을 듣지 않게 된 지금 내 나이가 마음에 든다. 누군가의 마음에 들어 있을지 모를 '쟤는 포기해야겠다'라는 체념이 또 다른 위로로도 느껴진다. 여전히 마흔하나에 걸맞지 않는 행동과 생각을 반복하며 살지만 그럴 때마다 나이는 숫자에 불과하다는 말을 되새기면서 나라도 나를 다독이며 지내는 수밖에. 나의 사십대는 이제 막 시작되었으니 말이다.

두 번째 독자。

_____ 영어 과외를 하는 동안에는 유난히 사생활 이야기를 많이 하게 된다. 사실 과외를 꾸준히 할 수 있는 비결도 곤쌤이 시기적절하게 허용해주는 사담 때문이기도 한데, 직업에 대한 영어 표현을 배우던 중 곤쌤이 이런 질문을 했다. "원고가 완성되면 주변 사람들에게 읽어달라고 하고 조언을 구하나요?" 나는 거만하게 대답했다. "아니요. 제 첫 번째 독자는 저예요."

그 대화를 통해 그동안의 작업 방식을 되돌아보게 됐다. 십 년 전 에세이를 막 쓰기 시작했을 때는 친한 친구들에게 원고를 돌려가며 글이 어떤지 물어보곤 했다. 그런데 평소 고집불통인 내 성격을 아는 친구들은 직언하기를 꺼렸고, 만에 하나 조언이나 충고를 하더라도 그걸 겸허히 받아들이는 일이 쉽지 않았다. 나름대로 열심히 쓴 글인데 어떻게 더 고쳐야 하는 건지, 그렇게 조언하고 싶은 게 많다면 이 글, 애초부터 망한 거 아닐까…… 하며 금세 풀이 죽었다.

그러는 사이에 글은 점점 식상해져갔고 뒤늦게 현실을 파악하고 나서는 스스로 반성하듯 여러 번 소리 내면서 읽고 고친다. 가장 첫 번째 독자인 나부터 만족시켜야 한다는 생각으로 고치고 또 고쳐보지만 책이 나오고 나면 늘 아쉬운 부분이 한가득이다.

그래서 두 번째 독자가 꼭 필요하다. 글을 쓰다 머뭇거리면 기다려주고, 너무 망설인다 싶으면 슬쩍 채찍질도 해주고, 안 풀리는 원고에 대해 저절로 상의하게 만드는 사람. 때로는 적절한 글감을 던져주기도 하고, 나에게 꼭 맞는 주제를 제시하기도 하고, 완성된 원고를 읽고 가감 없이 조언해줄 수 있는 사람이 있어야 한다. 그는 바로 편집자다.

세상의 모든 책은 편집자와 작가의 협업으로 완성된다. 실제로 글을 쓰는 사람은 작가이지만 편집자는 작가에게 길을 보여주는 네비게이터 같은 역할을 한다. 상황에 따라 큰 도로부터 좁은 골목길까지 꼼꼼하게 보여주기에 특히 나처럼 길치인 사람에게는 유능한 편집자가 더욱 필요하다.

책 한 권이 기획되고, 출판 계약서에 사인을 하고, 원고를 쓰고, 고치고 고치고 또 고치고 다시 고치고, 제목을 정하고 표지를 고르고, 적당한 분량의 원고가 모일 때까지. 그리고 그 이후에도 두 사람은 한 팀이 되어 서로를 밀고 당기고 때로는 업어주고 패대기치며 알콩달콩 옥신각신한다. 그 과정을 여러 번 거치고 나서야 한 권의 책이 세상 빛을 보게 된다.

나는 유난히 편집자 복이 많은 작가다. 그동안 고집스럽고 예민한 나를 이해해주고, 더 좋은 책을 만들기 위해 나보다 더 애쓰는 편집자들을 많이 만나왔다. 그래서 이제껏 이 일을 그만두지 않고 해올 수 있었다고 생각한다. 하지만 그중에서도 가장 마음에 담고 있는 편집자가 있으니, 바로 이 원고를 편집하고 있을 윤 모씨다.

나보다 열 살쯤 어린 사람이지만 대부분 나보다 선배 같고 어른 같은 사람. 때로는 연락이 잘 안 되어서 소심한 나를 더 소심하게 만드는 데 일조하기도 하지만, 적당한 무심함과 분주함이 숨통을 트게 해준다. 나로 하여금 늘 더 잘된 원고를 보여주고 싶고, 그 원고로 깜짝 놀라게 해주고 싶은 사람. 하지만 초고 앞에서는 늘 단호하고 근엄하게 바른말을 하는 사람이어서 미팅이 잡히면 긴장부터 하게 만드는 편집자다.

원고에 대한 편집자의 피드백을 들을 때면 집필하는 동안 내가 얼마나 혼자만의 세계에 빠져서 살아왔는지를 깨닫게 된다. 그래서 가급적 그가 하는 조언에 귀를 쫑긋 세우게 된다. 두 번째 독자를 만족시키고 나면 나머지 독자들 역시 만족할지도 모른다는 희미한 희망이 생기기 때문이다. 그만큼 나에게 있어서 두 번째 독자를 만족시키는 일은 가장 최초의 관문이자 가장 커다란 관문이다. 그리고 그 문 앞에 서 있는 편집자에게 존경심과 고마움을 느낀다.

보이는 것을 만들어내기 위해 보이지 않는 곳에서 일하는 사람들에 대해 알고 있다. 내가 십여 년 동안 일해온 방송 작가라는 직업이 그렇고, 출판 편집이라는 일이 그렇다. 같은 이유로 '나에게는 뭐 하나 돌아오는 게 없네'라는 허무함이 느껴지는 일이기도 하지만 게으름을 부리면 유난히 더 티가 나는 일이라 어영부영 할 수가 없다. 게다가 집중력과 꼼꼼함, 날선 감각에 사람을 대하는 능력까지 갖추어야 하며, 무엇보다 자신을 믿고 누군가를 믿어야만 시작되고 마무리되는 일이다. 그러므로 작가인 나 역시 편집자를 믿을 수밖에 없다. 그리고 믿는다면 최선을 다할 수밖에 없다. 내 글로서 웃게 하고, 느끼게 하고, 신뢰하게 만들 수밖에 없다.

그런 의미에서 나는 이번에 또 한 번의 원고 마감을 앞둔 윤 모 씨를 위해 하나의 선물을 준비하는데, 그것은 바로 '편안한 마음으로 읽어주세요'라는 의미의…… 파자마 한 벌. 원고 마감하는 날 쓰윽 보내보려고 한다. 여러분께서 이 글을 무사히 읽고 계시다면, 저는 그 최초이자 커다란 관문을 어찌저찌 통과한 거라고 보시면 되겠습니다.

거절하는 연습.

                    나는 거절을 잘 못 하는 사람이었다. 누군가가 부탁을 하면 일단은 들어주려 했고, 내키지 않는 약속에도 옷을 챙겨 입고 나갔다. 특히 내 주변에는 유난히 고민 많은 사람들이 많았는데 연애 문제, 집안 문제, 인간관계를 둘러싼 골치 아픈 일에 대해 늘 털어놓고 싶어 했다. 듣는 것만으로도 마음이 무거워지는 이야기들 앞에 시원한 말 한 마디 못 하고 잠자코 듣고 또 들었다.

일에 있어서는 더 거절할 줄 몰랐다. 프리랜서가 일을 거절하면 다시는 일이 안 들어올까봐 들어오는 일을 최대한 받아서 처리하곤 했다. 그러는 동안 내 안에 쌓인 것은 열심히 살아왔다는 자부심이 아니라 누군지도 모르는 사람들에 대한 원망이었다. 줄곧 참으면서 사는 것 같다는 생각이 들어서 문득 이유 없이 눈물이 나고 화가 났다. 사소한 일에도 울컥 짜증이 났다. 그런데 이런 감정에 대해 털어놓을 사람이 없었다. 많은 사람들이 나에게 기대는 것 같은데 정작 나는 의지할 사람이 없었다.

'기브 앤 테이크'라는 말처럼 차가운 말이 없는 것 같지만 그 말만큼 명료한 말이 또 어디 있을까. 준 만큼만 받고 받은 만큼만 해주면서 살 수 있다면 사람들 마음속에 숨어 있는 억울함은 어느새 자취를 감추게 될 것이다. 하지만 사람 사이가 어디 그런가. 하나를 받으면 비슷한 걸 해줘야 할 것 같고, 누군가에게 뭔가를 베풀고 나면 그 사람이 그걸 잊지 않기를 바라게 된다. 하지만 사람 사이가 어디 또 그런가. 한 사람은 자꾸만 퍼주는데 다른 한 사람은 자꾸 받기만 한다. 그래서 퍼주는 사람만 결국 화병이 난다.

화병은 착한 사람들만 걸린다. 미처 풀지 못하는 감정 때문에 걸리는 병이라고 하지만 그게 다 거절을 못 해서, 외면하지 못해서, 나만 생각하고 살지 못해서 걸리는 거다. 주위를 봐도 정작 화병 유발자들은 잘만 살아간다.

그러나 거절하지 못하는 습관은 결국 스스로에게 제일 피해를 준다. 늘 억울하기만 한 삶을 반복하다보면 어느새 내 인생에 자신감이 없어진다. 괜히 손해 볼까봐 아무것도 시도하지 못하고, 사람들이 우습게 볼까봐 별일 아닌 일에도 날을 세우게 된다. 쓸데없이 오해를 살까봐 안 해도 될 거짓말이 늘고, 누가 내 것을 훔쳐갈 것 같아서 성공하는 걸 두려워하는 사람도 있다. 그래서 결국은 아무도 믿지 못하고 세상에 대한 불만만 쌓인다.

그러면서도 거절하지 못하는 이유는 거절하는 일이 부탁을 들어주는 일보다 힘들기 때문이다. 단호하게 거절하는 일은 그만큼 용기를 필요로 한다. 그 용기를 발휘하지 못해 거절하지 못하고, 그느라 자꾸 참아온 감정은 차곡차곡 내 안에 쌓여서 날카롭고 쓴 씨앗이 된다. 남에게 나쁜 사람이 되고 싶지 않아서 받아들여왔던 수많은 부탁은 결국 나에게 가장 나쁜 나를 만든다.

하지만 늘 누군가의 부탁을 들어주느라 억울해하면서 살 수는 없다. 그러기 위해서는 거절하는 법을 연습해야 한다. 거절하는 것을 공부만큼이나 못했던 나의 경우에는 실제로 어떻게 거절해야 할지 몰라서 공책에 직접 대사를 적어보곤 했다.

미안하지만 힘들겠어요.
다음으로 미뤄도 될까요?
나도 요즘 여유가 없어서, 미안해.
힘든 네 사정을 듣는 나도 마음이 편치 않아.
미안한데 그 이야긴 다음에 하자.

할 말을 공책에 써가면서 어느 대사가 가장 적절할지 발음해보고 고쳐보아도 쉽지 않았다. 거절을 해야 할 때에는 가슴이 울렁거리면서 호흡이 가빠지고, 말을 더듬고, 얼굴까지 붉어지며 안절부절못했다. 그래서 가급적 만나서 거절하는 걸 피했다. 충분히 생각할 시간을 갖고 장문의 메일을 쓰거나, 문자메시지를 보내거나, 그도 아니면 전화로 이야기했다. 적어도 그 사람의 얼굴을 대면하지 않을 권리만큼은 누릴 수 있다는 생각에서다. 하지만 그 태도를 오해하는 경우도 있어서 직접 만나서 거절을 했더니 그때는 이런 말을 들었다. "거절할 거면 왜 불러낸 건가요. 그냥 전화로 하지." 아이고 진짜…… 뭐가 이렇게 어렵나요…….

그다음부터는 거절할 때 이리저리 핑계를 대기보다는 최대한 솔직히 말하려고 애쓰고 있다. 내 경우에 가장 효과가 좋았던 말은 '나한테도 말 못 할 사정이 있다'였다. 대부분의 사람은 이해 못 하는 것 같았지만 나한테도 말 못 할 사정이 있는 것만큼은 사실이었으니까. '나한테 그런 난감한 부탁 좀 하지 말아줄래요?'라고 속 시원히 말하고 싶어도 할 수 없는 사정 같은 것말이다.

거절에 취약한 사람들이 늘 하는 생각은 '나쁜 사람 되기 싫어'다. 누군가가 어렵게 한 부탁을 뿌리치고 나면 나쁜 사람이 된 것처럼 마음이 무겁고 불편하다. 하지만 나를 위한다면 그 불편함을 참아야 한다. 부탁한 사람 역시 마음이 불편하긴 마찬가지였겠지만 그는 그 불편을 감수하고 나에게 부탁을 했다. 그렇다면 나 역시 불편을 감수하고 부탁을 거절할 용기를 내야 한다.

그리고 만약 용기를 내서 거절했다면 그 이후 상황에 대해서는 생각하지 않는 것이 좋다. 자꾸 곱씹다보니 찜찜해져서 다시 그 거절을 철회하면 상황이 더 복잡해진다. 거절에 있어서 가장 중요한 것은 일단 마음 불편함을 한번 꾹 참아보는 일이다.

공책에도 써보고, 대사를 연습해보고, 거절 후에 오는 불편함도 참아본 결과, 나는 이제 조금씩 거절을 할 수 있게 됐다. 그랬더니 사람들은 더 이상 나에게 무리한 부탁을 하지 않고, 나 역시 억울한 마음을 조금씩 덜면서 지내고 있다.

거절에도 연습이 필요하다. 그리고 거절을 잘할수록 나를 둘러싼 인간관계도 편안해진다. 그러니 오늘부터 자기만의 방식으로 거절하는 연습을 시작해보는 건 어떨까. 그러다보면 내 안에 묵은 화병의 씨앗이 싹을 틔우기도 전에 시들어버릴지도 모른다. 그러다보면 비로소 자발적으로 기브 앤 테이크를 실천하면서 살게 될지도 모른다.

나를 사랑하는 것에
대하여.

"당당해지고 싶어."

_____ 어느 날 램프의 요정 지니가 나타나 딱 한
가지 소원만 말해보라고 한다면 나는 그렇게 말할 것이다. 뜬금
없는 얘기라 지니도 당황하겠지만 진심으로 바라는 소원이 그
거다. 나는 나를 사랑하고 싶다. 그럼으로 인해 당당해지고 싶
다. 그런데 어떻게 하면 그렇게 될까. 똑똑해지면 될까? 부자가
되면 될까? 사회적으로 성공하면? 아니면 예뻐지면 될까?

영화 〈아이 필 프리티〉의 르네 역시 비슷한 생각을 한다. 아름다운 몸매와 화려한 패션 감각을 동경하며 살지만 실제로 그는 예쁜 옷을 입을 수 있는 몸을 갖고 있지도, 아름답지도 않다. 그래서 그런 자신이 늘 불만족스럽다.

하지만 어느 날, 자전거에서 떨어져 머리를 세게 부딪고 나서부터 새 인생을 살게 된다. 자신의 눈에만 자기가 예쁘게 보이게 된 것이다. 실제로 그는 전과 똑같은 얼굴과 몸매를 하고 있지만 스스로가 예뻐 보인다는 뒤바뀐 현실에 전에 없던 자신감을 갖게 된다. 과감하게 옷을 입고, 남자들에게도 늘 당당하고, 일상생활에서는 물론 일할 때도 자신의 의견을 표현하는 일에 거침이 없다.

영화를 보는 내내 스스로를 아름다운 사람이라고 철석같이 믿고 행동하는 르네의 모습은 매력적이었다. 처음에는 우스꽝스러웠지만 극이 점점 진행되는 동안 실제로 그가 멋져 보이기 시작했다. 저렇게 당당하다니. 저렇게 솔직하다니. 영화가 클라이맥스에 다다를 때쯤에는 당당함이 곧 그가 가진 최고의 아름다움처럼 느껴졌다. 이 모든 게 '예뻐지기만 하면 모든 게 다 해결될 것'이라는 오랜 믿음의 결과였다. 실제로 르네는 달라진 현실을 맘껏 누리지만 그 행복은 그리 오래가지 않는다.

오랜만에 깔깔 웃다가도 불쑥 생각을 하게 만드는 영화였기에 보고 난 후 리뷰를 살펴보았는데 관객들 대부분이 비슷한 생각을 하고 있었다. 진정한 자존감에 대해, 스스로를 아름답다고 느끼며 사는 일에 대해…… 관객들은 영화 속 르네에게 공감했고 그를 부러워했으며, 또 그렇게 살고 싶어 했다.

몇 년 전부터 유난히 자존감에 대한 이야기를 자주 듣는다. 사는 데 있어 스스로를 존중하는 마음이 얼마나 중요한지에 대해서 강조하는 책과 강연들도 차고 넘친다. 지인들 역시 일상적인 대화를 나눌 때조차 '자존감이 떨어졌다', '자존감 올라가는 일이지'라며 여러 번 자존감에 대해 곱씹으면서 산다. 스스로를 인정하고 사랑해야 한다는 걸 머리로는 알지만 실제로 그렇게 믿고 살기는 어렵다. 왜 그럴까. 우리에게는 비교 대상이 너무 많기 때문이다. 남들에 비해 나는 늘 모자라 보이고, 안 멋져보이고, 게으르게 사는 것 같고, 이뤄놓은 게 없는 것처럼 느껴진다.

가끔 도시 한복판을 걸을 때면 종종 놀란다. 이 작은 땅덩어리 안에 잘난 사람이 너무 많은 것이다. 고개를 돌릴 때마다 멋진 사람들이 쓱쓱 지나간다. SNS만 열어봐도 똑똑한 사람들, 성공한 사람들이 차고 넘친다. 게다가 우리나라 사람들은 어찌나 유행에 민감한지, 다들 최첨단 아이템으로 정성스럽게 꾸미고 다닌다.

그럴 때마다 기가 죽는다. 안 그래도 스스로가 초라하게 느껴질 때는 주변의 그런 분위기만으로도 자존감이 떨어지는 것 같다. 세상에는 잘난 사람이 너무 많은데 나는 그에 해당되지 않는다는 생각, 다른 사람들 사이에 있을 때마다 스스로가 보잘것없이 느껴지는 일상. 그런데 그게 맞는 삶일까.

나 역시 오랜 시간 자존감 문제로 어려움을 겪어왔다. 지금도 그에 관해 충분히 자유롭지 못하다. 그래서 일 년여를 쉬는 동안 특히 더 불안감과 자괴감, 수치심, 죄책감에 시달렸다. 뭐라고 하는 사람은 없었지만 나 스스로에게 당하는 채찍질에 늘 기가 눌려 있었다. 그러는 동안 깨닫게 됐다. 이건 아닌 것 같다, 정신 차리고 나라도 나를 아껴야겠다. 그 결심과 함께 하나둘 실천해온 게 있다. 부끄럽지만 몇 개쯤 소개해본다.

하나. 나는 바뀌지 않아도 되는 사람이라고 '억지로라도' 믿기로 했다. 만약 그렇지 않더라도 나는 바뀌지 않을 것이니 이런 나를 인정하는 게 먼저라고 생각했다. 그런 의미에서 먼저 충고하는 사람들을 멀리했다. 나에게 이렇게 좀 달라져보라고 종용하는 사람들, 나를 자꾸만 되돌아보게 하는 사람으로부터 거리를 두고 스스로를 존중해보기로 했다.

가끔은 오늘 들은 기분 좋은 말을 일기 대신 써보기도 했다. 아주 사소한 것이라도 내가 가지고 있는 장점에 대해서도 썼다. 그걸 바라보면서 나는 대단하지 않지만, 그렇다고 형편없는 건 아니라고 믿어보려 했다.

둘. 다른 사람과 비교하는 습관을 버렸다. 이는 참으로 유아적인 노력이었지만 나로서는 도움을 받았는데, 그건 일부러라도 다른 사람들을 쳐다보지 않는 것이었다. 타인을 보면 볼수록 그와 나를 비교하게 되고 나를 평가하는 동시에 타인 역시 재단하게 된다. 그래서 길을 걷거나 대중교통을 이용할 때는 사람

구경(!)을 하는 대신 책을 읽거나 휴대폰을 봤고, 누군가와 만나고 있을 때는 그 사람만 쳐다봤다. 다른 사람은 일부러라도 신경 쓰지 않으려 했고, 남들의 이야기에 지나치게 귀를 쫑긋 세우거나 호기심을 갖지 않기 위해 애썼다.

그들에게는 그들의 삶이 있고, 나에게는 나만의 삶이 있다. 누구도 다른 사람의 인생에 대해 판단할 수 없다. 각자 자기의 인생을 사는 데 집중하면 되는 것이다. 사실 그것만 해도 쉬운 일이 아니지 않나.

셋. 나에게만 있는 것은 무엇인지를 생각했다. 그런 의미에서 좋아하는 것과 잘하는 것들을 발견하려고 했다. 남들이 다 잘하려고 노력하는 것 말고 내가 몰두해서 즐길 수 있는 것, 남들은 인정해주지 않아도 나만큼은 즐겁게 임할 수 있는 것들이 뭘지 생각해봤다. 그리고 그게 무엇이든 잘하기보다는 편하게 하고 싶었다.

누구에게나 다른 사람에겐 없는 나만의 무엇이 있다. 그건 희소하기 때문에라도 가치가 있는 것이다. 그렇게 나의 쓸모를 생각했다. 내가 이렇게 살아가는 데는 그럴 만한 이유와 목적이 있을 거라고 생각했다.

넷. 다른 사람들에게 잘 보이려는 노력을 멈췄다. 그 대신 노력하지 않아도 내 곁에 있어주는 사람들을 생각했다. 내가 대단한 것을 이룬 사람이어서, 늘 사랑스럽고 매력적인 사람이라서 그들이 곁에 있는 게 아니었다. 내가 같은 이유로 그들 곁에 있는 게 아닌 것처럼 말이다.

그 노력을 통해 사람들에게 잘 보이려는 노력을 내가 나에게 잘 보이려는 노력으로 바꾸고 싶었다. 가급적 기분 좋은 일을 하고 즐거운 것을 떠올렸다. 사소한 것이라도 조금씩 실천하려고 했다. 그리고 '꿈은 없고, 놀고만 싶습니다'가 삶의 모토인 나 자신에 대해서도 무거운 마음을 갖지 않으려 했다. 가끔 기분이 울적하거나 스스로가 한심하게 느껴질 때는 그럴 때도 있는 거라고 되뇌며 그저 나를 가만히 내버려두었다.

다섯. 무언가를 할 때는 결과보다는 시작을 생각했다. 흔히 결과보다 과정이라는 말을 많이 듣지만 과정까지도 못 가고 좌절한 경우가 얼마나 많은가. 그래서 실패하거나 즐기지 못하더라도 시작했다는 것에 의의를 두기로 했다.

안 할 수도 있었는데 했다는 것, 비록 끝까지 하지는 못했지만 해보려고 했다는 것. 그것을 떠올리면 시작과 끝이 덜 두려워졌다. 모든 일을 과정과 결과로 이끄는 것은 시작이다. 작심삼일로 끝나더라도 다시 시작하면 삼 일을 더 할 수 있는 것이다.

매일 거울을 보며 이야기하고, 나를 쓰다듬으며 '나는 너를 사랑한다'고 속삭이는 일 없이도 조금씩 내 모습에 대한 초조함을 덜어갔다. 나는 대단한 걸 이루지 않아도 쓸모 있는 사람이며, 앞으로도 그 쓸모를 찾아갈 수 있는 사람이라고 생각했다. 이 모든 과정은 남들과 비교하기를 멈추고 나서야 발견한 것들이다. 나를 끊임없이 비교하게 만드는 불특정다수를 의식하는 한, 진정한 나를 대면하고 사랑하기란 쉽지 않다. 우리가 유난히 약해서 그런 게 아니다. 대부분의 사람들이 남을 의식하며 사느라 이미 충분히 지쳐 있다.

자존감은 자신의 부족함이 사랑받을 자격이나 관계의 화

목함, 나아가 세상과의 유대감을 해치는 게 결코 아니라는 걸 아는 것이다.

김진관, 『홀로서기 수업』(생각의힘, 2018)

스스로를 '당당한 사람'이라 굳게 믿고 살기에는 아직 부족함이 많다. 그래도 적어도 요즘에는 시시때때로 추락하는 자존감 때문에 불안과 우울을 반복하며 지내지는 않는다. 여전히 당당한 사람이 되고 싶다는 소원에는 변함이 없지만 이제는 그걸 누군가, 혹은 무언가가 만들어줄 수 있을 거라고도 생각하지 않는다. 그렇다고 끝까지 노력해보자고도 생각 안 한다.

나는 노력을 하든 안 하든 계속 나일 것이고 그런 내가 또 나이기 때문이다. 어차피 세상은 혼자라 해도 내 옆에 나는 남는다. 그걸 생각하면 조금 마음이 놓인다. 이 사실을 소중한 사람들을 많이 잃고 나서야 깨달았다.

작지만 확실한
희망사항。

────────────── 대부분의 책이 그렇지만 이 책 역시 세상
빛을 보게 되기까지 우여곡절이 많았다. 유난히 집중이 안 됐
고 훌쩍 시간이 지나 보낸 초고에 대해 편집자가 들려준 피드
백은 이랬다. "글에 날이 서 있어요. 뾰족하고 방어적이에요.
작가님 글 같지 않아요." 맞은편에 앉은 나는 자꾸 떨어지는 고
개를 붙잡아두기 위해 어깨에 힘을 바짝 주었다. 더운 날씨에
도 온몸이 추웠다.

글은 그 사람을 담는다. 아무리 다르게 써보려 해도 쓴 사람이 느껴지기 마련이다. 나를 돌보는 시간을 갖겠다고 마음먹고 나서도 정작 그러지 못했다. 하염없이 길어지는 휴식기에 대한 초조함이 컸고, 자꾸만 멀어져가는 사람들에 대한 서운함이 차올랐다. 끊임없이 나 자신에게 '왜 그 모양이니'라는 말을 반복하며 썼던 원고는 당연히 날이 서 있고 방어적일 수밖에 없었다. 내가 별로였고 내 글도 별로였다.

그 이후 꽤 많은 원고를 버리고 다시 썼다. 예정된 출간 일정에 맞추려면 일주일에 엿새, 하루에 열다섯 시간 이상을 책상 앞에 앉아 있어야 했다. 하지만 갑자기 들이닥친 스트레스는 한때 일중독자였던 사람의 혈기를 자극한 모양인지, 오랜만에 온몸에 아드레날린이 돌기 시작했다.

그러나 '열심히 하자', '이를 악물어보자'라는 생각은 하지 않았다. 포스트잇에 이렇게만 적어서 책상 앞에 붙여놓았다. '사람을 아끼는 글을 쓰자.' 나를 아끼지 못했던 시간은 남을 아끼는 법도 잊어버리게 했다. 그 가시 돋친 마음이 고스란히 글 안에 들어 있었다. 그런 글은 누구에게도 좋은 글이 아니었다.

"당신 글은 찌질해서 좋아요."

독자들에게 종종 듣는 말이다. 내 안에 가득 차 있던 찌질한 이야기를 곱씹고, 끌어내고, 생각하고, 또 쓰면서 과분할 정도의 공감과 사랑도 받았다. 찌질한 이야기라면 여전히 남아 있고, 앞으로 더 많이 쌓아갈 자신이 있다.

하지만 언젠가는 그런 이야기를 쓸 일이 없기를 바란다. 그로 인해 '나는 찌질한 사람이고, 찌질한 이야기밖에 할 줄 모르는 사람인가보다'라며 자괴하지 않기를 바란다. 그럼으로써 아무 이유 없이도 나 스스로를 아낄 수 있기를 바란다. 작가가 아닌 한 사람으로서 그러기를 희망한다.

보드랍고 평화로운 글을 쓰고 싶다. 일상은 이렇게 충만하고, 마음속에는 이만큼의 사랑과 자비가 넘쳐흐른다고 쓰고 싶다. 그렇게 쓴 글이 이제껏 써온 어떤 글보다 많은 이들의 공감을 얻었으면 좋겠다. 우리들의 초라하고 서글픈 이야기로 자조적인 웃음을 나누며 소통하는 것이 아니라, 각자의 즐거움과 행복과 만족감에 대해 이야기하면서 서로 쓰다듬고 응원하고 싶다.

나 혼자만 좋은 것은 기쁜 일이 아니다. 다 같이 잘되고 행복해야 그게 진짜 기쁜 일이다. 그래서 나는 요즘 잘 지내고 있다는 사람들의 안부와 모습을 대할 때마다 마음이 부자가 된다. 그 모습이 그렇게 좋아 보여서 나도 그렇게 지내고 싶고, 더 많은 사람들이 잘 지내면 좋겠다. 나는 누가 아픈 것도 싫고 슬픈 것도 싫고 힘든 것도 싫다. 이런 바람이 나의 연약함에서 온다는 걸 알고 있다. 그리고 그렇게 되는 일이 불가능하다는 것을 알면서도 다 그냥 맘 편히 지냈으면 한다. 지금 이 시간에도 열심히 살고 있는 우리는 충분히 그럴 자격이 있다.

지속적인 심리 상담과 심리 검사를 통해 얼마 전, 좀처럼 낫지 않는 손가락 통증이 심리적인 요인으로부터 시작되었다는 것을 알게 되었다. 예상치 못한 사실에 놀랐고 믿기도 어려웠지만, 그동안 나는 이만큼이나 스스로를 다그쳐왔다는 걸 인정할 수밖에 없었다. 앞으로 더 나아가지 못할 것 같은 초조함이, 앞날에 대한 마음속 불안과 고민이 나를 또 한 번 다치게 하고 만 것이다. 여전히 발갛게 부어 있는 오른손 집게손가락을 보며 요즘은 이런 생각을 한다. 이제 그만 좀 느슨해지자. 안 되는 건 내려놓자. 일단 내 마음부터 챙기고 살자.

'사랑을 받은 사람이 사랑을 줄 수도 있다'는 말. 요즘처럼 이 말이 마음으로 다가온 적이 없었던 것 같다. 같은 의미로 나를 돌볼 줄 아는 사람은 남도 돌볼 수 있다고 믿는다. 나에게 너그러운 사람이 다른 사람에게도 관대할 수 있다. 나를 의심하는 사람은, 타인 역시 믿지 못한다. 그러므로 우리는 우선 나부터 사랑하고 아낄 줄 알아야 한다. 나를 미워하는 습관은 일단 멈추는 게 맞다.

이 책은 자기 돌보는 일에는 꼴등인 사람이 안 그런 사람으로 거듭나기 위한 노력 일기다. 이 이야기들이 '이 사람도 이러고 사는구나'를 넘어 나를 아끼고 싶은 욕심을 갖게 한다면 참 좋겠다. 궁극적으로는 우리가 아무것도 안 해도 아무렇지 않기를 바란다. 그럼으로 인해 각자가 세상의 시간이 아닌 나만의 시간을 살아갈 수 있기를 희망한다.

아무것도 안 해도 아무렇지 않구나

초판 1쇄 발행 2018년 8월 27일
초판 6쇄 발행 2022년 3월 15일

지은이 김신회
펴낸이 김선식

경영총괄 김은영
콘텐츠사업3팀장 이승환 **콘텐츠사업3팀** 심아경, 김은하, 김한솔, 김정택
마케팅본부장 권장규 **마케팅1팀** 최혜령, 오서영
미디어홍보본부장 정명찬 **홍보팀** 안지혜, 김민정, 오수미, 김은지, 이소영, 박재연
뉴미디어팀 허지호, 임유나, 배한진, 홍수경, 박지수, 송희진
저작권팀 한승빈, 김재원, 이슬 **편집관리팀** 조세현, 백설희
경영관리본부 하미선, 윤이경, 김재경, 오지영, 박상민, 김소영, 이소희, 최완규, 이지우, 이우철, 김혜진
외부스태프 정언호 일러스트

펴낸곳 다산북스 **출판등록** 2005년 12월 23일 제313-2005-00277호
주소 경기도 파주시 회동길 490 3층 **전화** 02-704-1724 **팩스** 02-703-2219
이메일 dasanbooks@dasanbooks.com **홈페이지** dasan.group **블로그** blog.naver.com/dasan_books
종이 한솔피엔에스 **인쇄·제본·후가공** 갑우문화사

ISBN 979-11-306-1902-6 (03810)

다산북스(DASANBOOKS)는 독자 여러분의 책에 관한 아이디어와 원고 투고를 기쁜 마음으로 기다리고 있습니다.
책 출간을 원하는 아이디어가 있으신 분은 이메일 dasanbooks@dasanbooks.com 또는 다산북스 홈페이지
'투고 원고'란으로 간단한 개요와 취지, 연락처 등을 보내 주세요. 머뭇거리지 말고 문을 두드리세요.

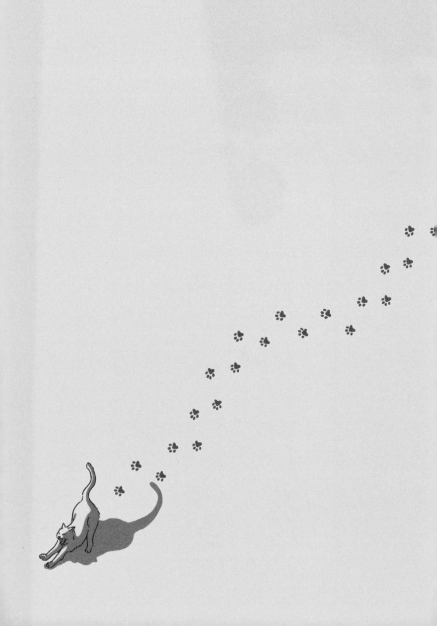